国家への道順

柳美里

河出書房新社

はじめに

国の家と書いて、国家——。

家とは、なんだろう?

人間以外の生き物の自然に溶け込んでいる棲家とは大きく異なり、人間の家は自然に対抗して頑丈で長持ちする造りになっている。

屋根があり、四方に壁があり、窓があり、出入口がある。台所があり、便所があり、風呂があり、寝室がある。寝室が最も親密な空間ということになるだろう。一日の全ての活動を終えて体を横たえ、目を閉じて眠る。完全に無防備な姿勢で、その空間に身を委ねる。目を覚ますまでの何時間かを、安らかさと温かさの中で過ごす。

同じ家で共に寝起きする人を「家族」と呼ぶ。

一つの家、一つの家族は孤立しているわけではない。家の外には、別の家、別の家族が在る。朝、家から出発して職場や学校に向かう道すがらにも家はあるし、家の中や庭で料理や洗濯や掃除や子どもの世話などをしていても、隣近所の人と顔を合わせ言葉を交わすことはある。

自分の家を中心にした半径七百メートルぐらいの範囲は、買物や散歩などの日常生活に密接に結び付いている。「おはようございます」「こんにちは」などと挨拶を交わす顔見知りも多く、夏祭りや文化祭などのイベントや、公園や公道の草毟《むし》りや側溝の清掃活動なども共に行い、災害時の緊急避難場所なども同じくしている。この関係の中で生き、生かされているという緩やかな所属感、一体感のようなものを持つことができる。

(都会では、同じ賃貸マンションに暮らしていても、隣室に誰が住んでいるかわからず、一部屋一部屋が孤立しているのが当たり前ですが、わたしは二〇一五年四月から福島県南相馬市に居住しているので、地元の暮らしに基づいて考えてみています)

同じ隣組、同じ行政区、同じ小高《おだか》区、同じ南相馬市であれば、街のそこかしこの佇《たたず》まいやあらゆる機能に生活者として馴染むことが出来る。一日の生活リズムに支障を来《きた》すことなく往来できる車で片道四十分以内の浪江町、富岡町、相馬市、飯舘村は(距離的には近い双葉町、大熊町は、二〇一一年三月に起きた原発事故により「帰還困難区域」に指定されたため立ち入りが制限されている)、日常的な生活の舞台とは離れるものの、方言や食文化も共通しているし、馴染みの店もある。

長距離バスや電車で行くことが出来る福島県の飯坂温泉、宮城県の仙台、女川、岩手県の花巻、山形県の山寺などは、好きな場所や店はあるものの、その地域の生活の細部は窺《うかが》い知ることしかできない。

日本列島の白地図を前にして、生まれた場所、育った場所、暮らしたことがある場所、家族や親族や友人が暮らしている場所、仕事や観光で行ったことがある場所を塗り潰していこうと思っても、自分がかつて暮らした場所、今暮らしている場所以外は点と線でしか示せず、決して面にはならない——、つまり、ほとんどが白い余白として残るわけです。

日本に生まれ育ち、日本で暮らし、日本語で読み書きすることを生業《なりわい》にしていても、わたしは日本のほんの一部しか知りません。

だから、「国家」という言葉に違和感を覚えるのです。隅々までよく知っていて、目隠しされたとしても、だいたいどこに何があるか見当がつく場所が「家」というものだから。

日本で暮らす大多数の人は、日々の暮らしの中で「国家」に所属していること、「国民」であることを意識する機会は少ないのではないでしょうか。

「国家」の輪郭が浮かび上がるのは、別の「国家」に相対した時——、最もはっきりと立ち現れるのは、戦争が勃発した時です。あたかも一つの家であるかのように、主権の所在、領土の範囲、「国家」を構成する「国民」としての役割が示されます。その国の国籍を有する人は「国民」と名指され、一定の条件を満たす人は「国家」を守る兵士として招集され、「国家」によって支配、統治されているという現実に否が応でも直面するわけです。

戦時において、その国の国籍を有していない人は「国家」から弾かれます。

わたしは、オリンピックが苦手です。

近代オリンピックの父と呼ばれるフランスのピエール・ド・クーベルタン男爵は、世界中の青年の友好を深め、人種・宗教・政治に左右されないスポーツ大会の実現を目指しましたが、開催国はオリンピックを国際社会に国力を誇示することが出来る一大イベントとして捉えました。一九三六年のベルリン大会では、ナチスドイツがオリンピックを国威発揚の舞台として利用し、聖火リレーや記録映画制作などの劇的な演出を編み出しました。第二次世界大戦の激化でオリンピックは二度も中止となります（わたしの祖父は、一九四〇年の東京オリンピック出場を有力視されていました）。終戦からベルリンの壁が崩壊するまでの四十四年間に亘り、オリンピックは東西冷戦を象徴する場となり、開催国によって対立するイデオロギーを持つ国家が出場をボイコットするという事態に陥りました。

現在も、国を挙げてのメダル争いは熾烈で、そこに歴史問題や領土問題に火種を抱える国同士が絡むと、国民感情に火がつき、相手国の選手のバッシングや相手国へのヘイトスピーチへといっきに燃え広がります。

わたしは、オリンピック開催期間中は、国民感情という鑢《やすり》に心が削られないように、なるべくテレビや新聞やインターネットを見ないようにして静かに過ごしています。

わたしのパスポートは赤（日本）ではなく深緑色（大韓民国）です。パスポートの中の文面は全てハングルで表記してあり、ほとんど判読できません。

海外での仕事を終えて日本に向かう時、いつもメールやブログで何と報告すればいいか悩みます。

「自分の国へ帰る」「帰国」ではないので、「日本に戻ります」と言ってみたり、「帰着しました」と言ってみたりしていますが、どの言葉もしっくりきません。

「福島県南相馬市小高区の家に帰りました」とは言えるのですが、「日本に帰りました」とは言えないのです。

成田空港や羽田空港に到着して、電車に乗り換えると初めて「家路を急ぐ」という言葉が浮かびます。そして、「あの町この町」という童謡が頭の中で流れ出すのです。

あの町この町　日が暮れる
日が暮れる
今きたこの道　帰りゃんせ
帰りゃんせ
おうちがだんだん　遠くなる
遠くなる
今きたこの道　帰りゃんせ
帰りゃんせ

この歌を口ずさむ時、わたしは第二次世界大戦末期に、インパール、サイパン、ペリリュー、ミンダナオ、レイテ、ルソンなどの南方の地で命を落とした日本人兵士（約百三十万人）のことを考えます。その六割が厳密な意味での戦死ではなく、餓死・病死だったといいます。

国家に繋留《けいりゅう》されたまま馴染みの風土とは全く異なるジャングルの道なき道を踏み迷い、力尽きて餓死した兵士の魂は、家路を辿ることが出来たのだろうか――。

彼らが帰りたくて帰れなかった場所は、日本という国家ではなく、それぞれの家族が還りを待ち侘びていた彼らの家だったはずです。

自分の家への道順を尋ねる人はいません。

家路とは、どの道よりもよく知った、歩き慣れた道だから。

国家への道順は？

柳　美里

国家への道順——目次

はじめに 001

謝罪への道順 013
事実を知る、その先に 017
我々の言葉 020
チマチョゴリの紐が風に舞う日 022
逆境の中で、人は言葉に出逢う 025
痛ましい記憶を語ること 028
諦念ではなく抵抗としての沈黙 032
あの日からの時間 035
かけがえのない一人の生として悼む 037
「どこにもない場所」(Utopia)を創出する力 040

分断された故郷 045
犠牲者たちの声を聴く 048
同胞たちの強い意志 051
質問 060
ルーツとの邂逅 064
祖国の心 071
「我々」という曖昧さ 077
「人」との「間」に在《あ》るもの 082
遅いが、まだ遅過ぎない 086
誰もが歴史の上に暮らしている 090
対話とは何か 094
外国人労働者 103
義務と権利 107
言葉の本質 111
差別の根 116

戦争を人間の外に置いてはいけない 120
限界の線 123
一つの音楽を響かせる 142
未来は全て過去にある 147
わたしは、問い続ける 153
ナショナリズムの罠 157
広島スピーチ 163
靖国神社の在り方 168
日本人が知らないこと、知りたくないこと 172
憎むのでもなく、許すのでもなく 178
『金陵十三釵』 183
李浩哲さんへ 187
「最悪」に黙従しないために 192

おわりに 196

国家への道順

謝罪への道順

一九九六年の五月のことです。

NHKのドキュメンタリー番組で、当時八十三歳だった孫基禎《ソンギジョン》さんとお逢いしました。

場所は、韓国ソウルのオリンピックスタジアムでした。

誰もいない観客席で待っていると、コツコツと杖をつく音がして、わたしは振り返りました。

斜め後ろの入場口から姿を現した孫基禎さんは、ゆっくりではあるけれど確かな足取りで近づいてきました。

孫基禎さんは、日本男子マラソン史上唯一のオリンピックのゴールドメダリストです。一九三六年のベルリンオリンピックで二時間二十九分十九秒二のオリンピック新記録を出し、朝鮮人でありながら日本人選手として表彰台に立った人です。

わたしの母方の祖父である梁任得《ヤンイムドク》もまた日の丸を胸に付けて走った長距離ランナーでし

た。祖父は、ベルリンオリンピックの四年後に予定されていた（戦争の激化で中止となった）東京オリンピックへの出場が有力視されていたのです。

「一緒に走ったんだよ。あんたのお祖父さんは国体の代表だったんだ。五千、一万メートルの朝鮮記録保持者だったんだよ」と孫基禎さんは言いました。

「何か、祖父の思い出はありませんか？」

「六十年だよ、六十年。みんな忘れたよ。要らんことは忘れた方がいい」

「忘れた方がいいことが多かったんでしょうか？」わたしは訊ねました。

孫基禎さんは目の奥を鈍く光らせ、短い笑い声を立ててから言いました。

「日本のみなさんのお耳に障ることを言う必要はない。マラソンの金メダルを取った中では世界で一番苦労した男だよ」

黙ってやりとりを聞いていたディレクターの長嶋甲兵《ながしまこうへい》さんが言いました。

「わたしの祖父は陸軍将校でした。わたしは、祖父の孫として、日本人として、孫基禎さんに謝ります。申し訳ありませんでした」

すると、孫基禎さんは両手で握っていた杖を足の間でカツンと一回ついて、こう言いました。

「謝罪の言葉を、唾を吐くように簡単に口にしてはいけない。いったい、何を知ってい

©「世界わが心の旅 祖父の幻のオリンピック〜韓国〜」
（テレコムスタッフ・NHKエンタープライズ21／NHK BS2／1997年放送）

1996年5月、韓国ソウルの
オリンピックスタジアムにて
孫基禎さんと初めての面会

る？　植民地がどこにある？」

日本と朝鮮半島の歴史の重みがのしかかり、孫基禎さんの痛苦がわたしの胸を貫きました。長嶋さんも唇を固く引き結び、孫基禎さんの顔を見詰めていました。

わたしは、日本語の「御免なさい」「済みません」「申し訳ありません」という謝罪の言葉が嫌いです。

相手に許してもらえそうな軽い過失の場合に使用することに違和感はないのですが、故意に行ったことや、たとえ過失であっても取り返しのつかない結果を招いた場合には、謝罪の言葉など到底口に出来ないし、口にすべきではないと思うのです。

では、どうすればいいのか？

痛苦を与えた相手に、償いを完遂しようとする自分の意志を示し、その姿勢と行為を見てもらい、自分という存在そのもので罪滅ぼしをするしかないのではないでしょうか。

万が一、相手から許しを与えてもらい、和解に至ったのならば、その時に初めて謝罪の言葉を口に出来るのではないか、とわたしは考えています。

事実を知る、その先に

二〇一二年六月九日、明治大学で行われた「孫基禎　生誕百周年記念シンポジウム」にわたしはパネリストとして参加しました。

孫基禎さんは明治大学の卒業生なのです。

一九三六年のベルリンオリンピックで日本に金メダルをもたらした孫基禎《そんきてい》の勝利を、日本の新聞各紙は「マラソン世界制覇！　孫選手の力走」（朝日新聞）「覇業成る！　マラソン門に到着の孫選手」（読売新聞）などと号外を出して報じましたが、『東亜日報』はユニフォームの日章旗を塗り潰した写真を掲載して無期発行停止に処せられました。

朝鮮独立の象徴となることを恐れた日本の官憲は孫基禎を監視下に置き、公の場で二度と走らないということを条件に明治大学留学を許可したのです。

孫基禎さんと初めてお逢いしたのは二十六歳の時でした。

二度目にお逢いしたのは二十八歳の時、芥川賞受賞を記念したサイン会が右翼を名乗る男性の脅迫電話によって中止になった直後のことでした。

わたしはソウルにある孫さんのご自宅を訪ねました。

韓服を着て、わたしを出迎えてくださった孫さんは、

「努力しなさい。さみしい、つらいと思うと、努力出来なくなる。さみしいと思うより努力しなさい。それは走ることも書くことも同じじゃないかね」と沈黙よりも静かな声で言いました。

三度目にお逢いしたのは三十三歳の時、祖父を主人公にした（孫さんも登場する）『8月の果て』を書くために、東亜ソウル国際マラソンを完走した翌日のことでした。

八十九歳の孫さんの両脚は糖尿病悪化のため壊死しかかっていて、ご自宅で激痛に耐えていました。

マラソン完走を告げると、孫さんは首を倒してわたしの顔を見て「馬鹿だ」と笑い、

「マラソンは走ったものにしか解らない。腹も痛いし、脚も痛い。誰も代わりに走ってくれない。今でも時々夢の中を走るよ。走る夢を見ると、必ず涙を流している」と言いました。

その八ヶ月後の二〇〇二年十一月十五日、孫さんはこの世を去りました。

通夜から埋葬まで参列したのですが、ずっと霙《みぞれ》まじりの雨が降っていました。

「おれの葬式はきっと雨だ。雲で覆われて空も見えないだろう」と孫さんは病床で口にしたそうです。

日本は今でも孫基禎の金メダルを日本のものとしてカウントしています。

日本の慣例では、金メダリストが亡くなった際には、ＪＯＣや日本体育協会から表彰や顕彰があるそうですが、孫さんの死に際しては、表彰や顕彰はおろか、弔電や供花すら贈られませんでした。

二〇二〇年、あのベルリンオリンピックから二十回目となる東京オリンピックが開催されます。

オリンピックを心待ちにしている日本中の人々に孫基禎の存在、その人生の軌跡を知ってほしい。

我々の言葉

初めて韓国に行ったのは二十二歳の時です。以来、小説を書くための取材や、戯曲上演や小説出版のプロモーションのために十数回訪韓しています。その度に向こうのジャーナリストに「なぜ、ウリマル（我々の言葉）を勉強しないんですか？　ウリマルを学ばないとダメですよ」と詰め寄られ、わたしは頑《かたく》なに「作家というものは、アイデンティティを喪失したところから書き始めるのではないでしょうか？　両親が祖国を離れた時から、わたしの流浪の旅が始まったのです」とナショナル・アイデンティティに回収されることを拒んできました。

二十数年前、孫基禎さんはわたしに言いました。

「長生きしたから、こうやって親友の孫とも話せる。でも、いつになったら、在日の二世三世と自分の国の言葉で話し合えるのか……」

孫さんの言葉には、異国の地で苦難を強いられ辛酸《しんさん》を嘗《な》めている同胞に対する労《いたわ》りとも憐《あわ》れみともつかない響きが込められていて――、わたしはテレビカメラの前だということを忘れて咽《むせ》び泣きました。

「頼むから、今からでも遅くないから、ウリマルを学びなさい」

という孫さんの言葉を胸に留めながらも、小説の締め切りに追われる暮らしの中で、ウリマルを勉強する時間を捻出することが出来ないまま歳月が流れてしまいました。

本心では「在日として日本語にも朝鮮語にも違和感を覚えてきた。その違和感（言葉に対する過剰な意識）こそが小説を書く動機であり武器なのだ。わたしは朝鮮語を話すことが出来ないのではなく、話さないのだ、誰に何と言われようと、歯を食い縛って――」と思っていました。

もっと正直に言うと、自国の言葉を、他国語のように学ばなければならない、という屈辱に耐えられそうにないから、プライドという固い殻をかぶっていたのかもしれません。

しかし、二〇〇八年十月に、朝鮮民主主義人民共和国を訪問し、平壌《ピョンヤン》の町を往《ゆ》き交《か》う人々が、家族や友人や恋人と話をしている言葉を聞き取りたい、と思ったのです。

仕事の合間の途切れ途切れの勉強で、果たしてそこまでのレベルに到達出来るのかどうか甚《はなは》だ自信はありませんが、先《ま》ずはハングルの十母音字の発音を練習しています。

「아《ア》야《ヤ》어《オ》여《ヨ》오《オ》요《ヨ》우《ウ》유《ユ》으《ウ》이《イ》」

チマチョゴリの紐が風に舞う日

朝鮮語を教えてくださっている裵《ペ》啓先《ゲソン》先生は、小学四年生の娘さんを、横浜の朝鮮学校に通わせています。

毎週火曜日にご自宅に伺い、壁に貼ってある折紙で拵《こしら》えたチマチョゴリや、花丸が付いたハングルの習字などを眺め、学校での様子を聞くのを楽しみにしています。

四月には、下の娘さんも入学するそうです。

先生も、先生のご主人も朝鮮学校出身ですが、わたしは日本の公立小学校を卒業し、中高一貫のミッションスクールに入学し、高校一年で放校処分になって以来、学校には縁がありません。

日本で生まれ育ち、母語を日本語とする在日二世三世であっても、日本社会に馴染むことが出来るとは限りません。

盧武鉉《ノムヒョン》大統領就任パーティーに
向かう前のホテルにて
チマチョゴリを着た著者と息子

わたしは小学校の六年間を通して、激しいイジメに遭《あ》いました。

裵先生は、二人の娘さんを朝鮮学校に通わせる理由として、朝鮮語の習得と朝鮮民族としての誇りを挙げました。

「カラスがカラスの学校に、ハトがハトの学校に通うのは当たり前」という先生の言葉に、わたしはハッとしました。

わたしは学校の中でいつもハトの群れに一羽だけカラスが混じっているような違和感を覚え、「違う！　違う！」という気持ちを日々鬱積《うっせき》させていました。

学校の行き帰りに、横浜駅のプラットホームでチマチョゴリの制服を着た女生徒たちと擦れ違う度に、もし、朝鮮学校に通っていたらどうだったんだろうか――、と振り返りました。じっと見詰めていたので、睨《にら》み返されたこともあります。セーラー服姿のわたしは、彼女たちの目には偏見と差別の視線をチマチョゴリに送るイルボンサラム（日本人）にしか見えなかったのでしょう。

現在、朝鮮学校の女生徒は、チマチョゴリを着て通学することが出来ません。

日本と朝鮮半島の関係が緊張する度に、朝鮮学校の女生徒のチマチョゴリが切られる、紐で首を絞められるなどの事件が起こり、ブレザーの制服で登校し、校内でチマチョゴリに着替える、という措置を取らざるを得なくなったからです。

保護者の中には、そこまでしてチマチョゴリを着る必要があるのか、という声もあるそうですが、民族の誇りであるチマチョゴリを守ろう、という声の方が大きいそうです。

わたしは、チマチョゴリほど風が似合う民族衣装はないと思います。

朝鮮学校の女生徒たちのチマチョゴリの紐が電車の風を受けてひらひらと泳ぐのを見られる日が再び訪れることを、わたしは祈っています。

逆境の中で、人は言葉に出逢う

わたしは、小学校の卒業文集の「将来の夢」に「小説家になります」と書きました。

自分の才能を確信していたというのではなく、小学校の六年間を通して激しいイジメに遭っていたことが、わたしを書くことに向かわせたのです。

小学校では「バイキン」というあだ名で呼ばれていました。「バイキンが伝染《うつ》る」という理由で、「好きな者同士」でグループを作る遠足などでは誰もわたしを仲間に入れてくれず教師グループと弁当を食べる羽目に陥ったり、わたしが給食をよそうとクラス全員が

「汚い」と食べることをボイコットし、困った担任がわたしを給食当番からはずしたり、ドッジボールの時も「ボールが汚れる」と、最前列で棒立ちでいても誰からもボールを当てられなかったり――、地獄のような毎日でした。

休み時間に教室や校庭に居ると、「バーイキン！　バーイキン！」と囲まれ囃《はや》し立てられ石や砂を投げ付けられたりするので、わたしは図書室に入り浸るようになりました。

そして、本と出逢ったのです。

背表紙の題名を見て、本棚から本を引き抜き、ページをめくり、読む。

わたしは本の中の登場人物やその本を書いた著者に友人のような親しみを覚えるようになりました。

一冊読み終えると、好きな箇所や思ったことをノートに書くようになったのも、その頃です。読んだり書いたりしている時だけは、現実の苦痛から逃れることが出来ました。

本は、この世でたった一つの避難所だったのです。

中学二年の時に精神科に通院するようになりました。

学校に行かなくても、書くことと読むことは続けていました。

とりわけ好きだったのはヘルマン・ヘッセでした。『デミアン』のエピグラフ「私は、自分の中からひとりで出てこようとしたところのものを生きてみようと欲したにすぎない。

なぜそれがそんなに困難だったのか」（高橋健二訳・新潮文庫）という言葉を、スケジュール帳が新しくなる度に書いていました。

人は、逆境の中で言葉に出逢います。

家庭や学校や職場での人間関係がうまくいき、毎日が楽しくて仕様がない時は、本など必要ないのです。

人間関係に悩み、孤独感や虚無感に苛《さいな》まれる時、登場人物や著者は、あなたにそっと手を差し伸べてくれます。

今、『デミアン』を読み返しています。右端を折っている頁やボールペンで線を引いてある箇所を見つける度に、生きることを迷っていた十四歳の自分の手の震えが伝わってきます。

「各人にとってのほんとうの天職は、自分自身に達するというただ一事あるのみだった。詩人として、あるいは気ちがいとして終ろうと、予言者として、あるいは犯罪者として終ろうと――それは肝要《かんよう》事ではなかった。実際それは結局どうでもいいことだった。肝要なのは、任意な運命ではなくて、自己の運命を見いだし、それを完全にくじけずに生きぬくことだった」（同）

痛ましい記憶を語ること

記憶について考えています。

それを考えるに至ったのは、日本軍「慰安婦」の被害者について「実は、高収入だった。家族の借金返済のために慰安婦業務に応募した。補償金欲しさに、日本兵の残虐さを誇張した創作をしている」という言説が、日本では主流になりつつあるからです。

そのような言説を流布《るふ》する側は、慰安所の場所が二転三転する、現在の年齢と連行されたとする年齢の辻褄《つじつま》が合わない、性行為を強要されたとする一日あたりの兵士の数が多過ぎて現実的には不可能、などと被害者の記憶の曖昧さを意図的な虚偽によるものだと決め付けています。

しかし、そもそも、記録しようと思って日記を付けたり会話を録音したりしない限り、記憶は変容するものです。

特に、耐え難い経験をした人は、解離性健忘が起きる場合があります。

自分にとって重要な記憶が空白になってしまうのです。

わたしのことで言えば、小学生時代のいくつかの被害体験の細部が思い出せません。

昼休み、校庭で数十人の生徒に取り囲まれて「脱がせコール」を掛けられ、わたしは全裸にされました。「脱がせコール」の声が大きくなって人垣の輪が狭まり、何本かの手にスカートをつかまれたのですが――、その先が思い出せない。

その場に居た、という感覚をどうやっても蘇らせることが出来ないのです。

キーンコーンカーンコーン、と昼休みの終わりを告げるチャイムが鳴り響く中、わたしは銀杏《いちょう》の木の天辺から全裸で校庭の日向に取り残された自分を見下ろしていたような気がするのです。

それ以降も、（特に恥辱《ちじょく》を伴う）苦痛が限度を超えると、部分的に記憶を失うことがあります。

数年前に臨床心理士のカウンセリングを受けた時に、幼少期から思春期にかけて起きた出来事を話しました。

臨床心理士はこう言いました。

「ＭＲＩで海馬《かいば》の質量を調べてもらうと、萎縮の程度が判りますよ。耐え難い苦痛や恐怖の中でも何とか生き延びようと、ストレスホルモンであるコルチゾールを多量に分泌した結果、海馬が萎縮してしまうんです。海馬は記憶の管理人です。新旧の事象の情報を、脳のどこかへしまい、記憶を貯蔵する。貯蔵したものを検索して引っ張り出すという役割も担っているんですね。海馬が萎縮すると、これがうまく出来なくなっていく。あるいは自分が思い出そうとしなくても、自動的にある場面がバーッと出て来たりする。反対に、こんなこと忘れるはずがないのにということを忘れていたりもします」

わたしが、誰にどのように服を脱がされ、どのようにして校舎に戻ったのかを思い出せないとしても、加害者である生徒たちが、わたしを全裸にしたということを忘却したとしても、あの日、わたしが校庭で全裸にされたという事実が消えることはありません。

解離性健忘を患《わずら》っている人が、記憶障害の引き金となった体験に対処出来るようになるためには、専門医の治療が不可欠です。

忘れることによって自分の心を守っているのだから、そのまま忘れていればいいじゃないか、と考える人も多いでしょうが、被害体験の前後や細部を忘れてしまっていても、被害者の心や行動に影響を及ぼし続けることもあるのです。記憶に空白期間が生じると、自分や自分の人生に連続性を持つことが出来ず、混乱や抑鬱状態に陥りやすくなり、その結果、自傷や自殺という行為に追い詰められることもあります。

治療は先ず、患者に安心感と信頼感を持たせることから始まります。その上で、患者自身が苦痛と恥辱に満ちた経験や葛藤を思い出さないように心の内に築いた防御を迂回しながら、質問をします。極度の不安や恐怖を引き起こしたりしないように、細心の注意を払わなければなりません。さらに、治療の過程で再生された記憶は正確でない可能性もあるため、その事件を知る関係者に確認することも必要となります。

加害国である日本の政治家やマスコミや国民が、「慰安婦の嘘を暴け！」と叫び続ける限り、被害者が安心感と信頼感を持って、思い出したくない痛ましい記憶を語ることなど出来るはずがありません。

日本軍「慰安婦」の被害者は高齢です。

一人、また一人とこの世を去っています。

彼女たちが生きているうちに、彼女たちの話を聞く耳を持つ日本人が一人でも増えることを願ってやみません。

諦念ではなく抵抗としての沈黙

二月十六日は、尹東柱《ユンドンジュ》の命日です。

尹東柱は、日本ではほとんど知られていない詩人ですが、彼の二十七年の生涯とその死は朝鮮民族の悲劇と直結しているため、朝鮮民族にとっては精神的支柱となっている存在です。

東京都小平市にある朝鮮大学校の図書室で、学生たちと対話をした時のことです。別れ際に、サインをしてほしいと頼まれて、学生たちのノートやスケジュール帳にサインをしたのですが、一人の女子学生のノートの裏表紙に詩のコピーが貼ってありました。尹東柱、二十四歳の時の作品『空と風と星と詩』の「序詩」でした。

死ぬ日まで天を仰ぎ
一点の恥なきことを、

葉群れにそよぐ風にも
私は心を痛めた。
星を歌う心で
すべての死に行くものを愛さねば
そして私に与えられた道を
歩んでいかねば。

今宵も星が風にこすられる。

（訳詞・曺紗玉《チヨサオク》）

この詩を書いた二年後の一九四三年、同志社大学在学中に、尹東柱は二人の朝鮮人留学生と共に思想犯として特高警察に逮捕されます。

彼らは、ビラを撒いたわけでも、抗議集会を開いたわけでも、デモ行進をしたわけでもありません。下宿先に訪れた友人たちと、日本の植民地支配によって国と言葉と名前を奪われた朝鮮民族の苦悩を語り合っていただけなのです。

尹東柱は、懲役二年の刑を宣告され、福岡刑務所に収監されます。そして、逮捕から一年七ヶ月と二日が経った一九四五年二月十六日午前三時三十六分――、「平沼東柱」という日本名のまま絶命しました。

祖国朝鮮が日本の植民地支配から解放される僅か半年前に命を落としたことが、同胞として無念でなりません。

彼の詩の中の言葉は、欲望や苦悩や悲嘆といった激しいものに出遭っても、決して動転していません。

彼は口を噤《つぐ》んでいる。

言葉に先行して、沈黙が在る。

諦念ではなく抵抗としての沈黙。

沈黙の中に一滴一滴、最期の覚悟のようにしたたる言葉。その言葉は全て、日本占領下では使用が禁じられていた朝鮮語によって書き留められています。

尹東柱の死に立ち会った日本人の看守によると、彼は息を引き取る瞬間、〈意味の解らない言葉〉で叫んだといいます。

彼の叫んだ朝鮮語は、日本人にとっては〈意味の解らない言葉〉でしかなかったのです。

あの時代、いったい何人の朝鮮人が、〈意味の解らない言葉〉を叫んで死んで行かなければならなかったのか――。

あの日からの時間

二〇一一年三月十一日、わたしはソウルにいました。

二十三歳の時に書いた戯曲『向日葵の柩』を劇団「新宿梁山泊」がソウルと全州《チョンジュ》で上演することになり、プロモーションと千秋楽の舞台挨拶のために、三月六日に訪韓したのでした。

一日だけオフをもらえました。

それが、三月十一日だったのです。

わたしは、ホテルの前でタクシーを拾い、タプコル公園へと向かいました。

腕時計を見ると、二時前でした。

日帝と闘う市民や学生たちの姿が刻まれたレリーフの前を歩いたり、ハングルの独立宣言文を合成母音と連音に躓《つまず》きながら声にしたりしていました。

よく晴れた、風の強い午後でした。

横断歩道を渡って、喫茶店に入りました。

コーヒーを頼んで、携帯電話に目を落としました。

マグニチュード8・8　震度7
わたしは席を立ちました。

二時四十六分でした。

ホテルに戻って自宅に電話したところ、鎌倉の小学校の教室にいた息子も、家も無事だということでした。

しかし、テレビには、津波に呑まれる家や人や車、火の海と化した入江の集落、白煙が立ち上る原発の様子が次々と映し出されました。

わたしは一睡もしないで「どうしよう、どうしよう」と両手を握り合わせて嗚咽《おえつ》し続けました。

あの日を境に、わたしの時間は進むことが出来なくなりました。

カレンダーのような時間の枠は、もう組み立てられないのではないか。

時計のような時間の密度は、もう保てないのではないか。

地震と津波によって時間の枠組みが瓦礫《がれき》となり、放射能によって時間の密度が侵食され続けている今、一体どのようにして時間を進めればいいのか——。

かけがえのない一人の生として悼む

数のことを考えています。

大きな災害や事故が起こる度、犠牲者が一つの数に括《くく》られることに、わたしは強い抵抗を覚えます。

たまたま同じ日に死んだというだけで一括される犠牲者は、その数が多ければ多いほど、一つの大きな悲劇に押し込められます。

そして、悲劇の重要な登場人物である、犠牲者の家族や友人や恋人に、「がんばってください」とか「負けないでください」などという、観客としての感動と昂揚《こうよう》とカタルシスを伴ったメッセージを押し付ける、涙ながらに――。

今回の震災で朝鮮総聯《そうれん》が把握している在日朝鮮人の死者数は十四人、安否未確認数は四十人。

韓国総領事館によれば、東北地方には在日韓国人や関連企業の駐在員や留学生ら約一万二千人が暮らしていて、未だに百人以上の安否が確認出来ていないそうです（二〇一一年六月一日現在）。

在日同胞の犠牲者も警察庁が発表する死者・行方不明者数の中に含まれている――、と考える時、わたしの前に関東大震災の死者・行方不明者数である十万五三八五人という数が立ち塞《ふさ》がります。

「朝鮮人が井戸に毒を投げ入れ、放火している」という流言蜚語《りゅうげんひご》によって虐殺された数千人の朝鮮人犠牲者の数は、十万五三八五人の中に含まれていません。

数年前、梯《かけはし》久美子《くみこ》さんの『散るぞ悲しき』を読み、最後の方に書かれていた数行に愕《がく》然《ぜん》として、涙で先を読み進めることが出来ませんでした。

「朝鮮出身者ばかりのわが隊は（注・独立臼砲第二十大隊は在朝鮮の日本人で編成された）、漢江の水を腹一ぱい呑んでみたいとか、大同江、三防の滝など水に関連した話ばかりして一時の渇きをいやす」

「在朝鮮の日本人」の中には朝鮮半島に移住をした日本人も含まれていたでしょうが、日本人として徴兵された朝鮮人も多かったはずです。

彼らは、硫黄島の日本兵の死者数二万一二九人の中に含まれています。

日本の外務省の「朝鮮人戦没者遺骨問題に関する件」（一九五六年六月七日）によれば、朝鮮人の日本の軍人軍属は三十七万七千人であり、そのうち二万二三四五人が第二次世界大戦で死亡または行方不明となりました。

『マルコムX』を撮った黒人映画監督、スパイク・リーは、『硫黄島からの手紙』と『父親たちの星条旗』に対して、「十一万人の兵士中、千人も黒人がいたのに、映画中一人も黒人兵士が登場しなかった。クリント・イーストウッドは人種差別主義者だ」と痛罵《つうば》しましたが、朝鮮人兵士もまた一人も登場しませんでした。

硫黄島総指揮官であった栗林忠道《くりばやしただみち》は、米軍による日本本土への侵攻を遅らせるために、全兵士に対し「喰はず飲まずで敵撃滅ぞ　頑張れ武夫　休めず眠れぬとも」という苛烈極まりない戦闘心得を配布したと伝えられています。漢江《ハンガン》や大同江《テドンガン》の水を飲みたい、と語っていた朝鮮人兵士たちは、何を拠り所にして戦い、死んでいったのだろう、とその無念の重さを想像する度、今も尚、幽魂として浮かばれぬ淵を彷徨《さまよ》っているのではないか、と胸が押し潰されそうになるのです。

二〇一一年四月二十九日、東日本大震災の四十九日法要が営まれました。発見される遺体は男女の見分けもつかないほど損傷が激しいそうです。

一万一〇一九人の行方不明者が一日も早く数の中から救い出され、かけがえのない一人として、家族や友人や恋人によって、その死を悼まれることを祈っています。

「どこにもない場所」（Ｕｔｏｐｉａ）を創出する力

わたしが初めて福島県の相双《そうそう》地区を訪れたのは、二〇一一年四月二十一日のことでした。その日の午前十一時に、当時の官房長官が、東京電力福島第一原子力発電所から半径二十キロ圏内を「警戒区域」に指定すると発表しました。行かなければならない、と内なる要請のようなものに衝き動かされて、わたしはリュックを背負って、福島へと向かいました。

ビニールレインコートとガーゼマスクで気休め程度の放射能対策をして、富岡町の夜ノ森の桜並木、浪江町《なみえまち》の請戸《うけど》港、大熊町の第一原発正門前などを歩きました。

何が起きたのかを、知識としてではなく、現場を歩いて感じなければ、この事故について、何かを語ったり書いたりすることは出来ない、と思ったのです。

「警戒区域」として封鎖される前に既に検問所が設置されていて、住民以外は立ち入ることが出来ないとの情報があったので、浪江町請戸の自宅を津波で流され、千葉県成田市で避難生活を送っている同胞男性の名前と住所を教えていただき、楢葉町《ならはまち》の検問所の警官に「請戸の叔父の愛犬を捜しに来ました。封鎖される前に見つけたいんです」と訴えて、通行許可を得ることが出来たのです。

今、福島の人々は「差別」という大きな敵に立ち向かっています。

線量の高い地域から他県に転校してもイジメに遭って心身のバランスを崩し、福島に戻る子どもも少なくないと聞きます。

言葉は人と人を結び付けたり、結び付きを確認する橋のような役割を担っているはずなのに、非常に残念なことに、人を人から切り離したり疎外したりする言葉が多過ぎる。

二〇一二年二月十八日、十九日の二日間、福島県の南相馬市民文化会館「ゆめはっと」で「南相馬ダイアログフェスティバル」というイベントがあり、わたしは「物語を作る」というワークショップを行いました。

わたしはものごころついた頃から、居場所が無い、生きること自体が居た堪らない、という思いを抱えていました。

家では両親の諍《いさか》いが絶えず、小学校では激しいイジメに遭い――、一刻一刻が試練であるような現実に耐えるために、物語を読み、物語を書き始めたのです。

どんなに現実と似た私小説のような物語であっても、そこに書かれた世界は現実には存在しないユートピアです。Utopia（ユートピア）はギリシャ語のou（否定詞）とtopos（場所）を合わせた造語で、「どこにもない場所」という意味です。

どこにもない場所を創出するのが物語なのです。

「物語を作る」ワークショップでは、警戒区域となった南相馬市小高区で生まれ育ち、原発の立地自治体である大熊町で働きながら、二人の息子を育てていた五十代の女性も参加していました。

彼女は小高区浦尻の五月の海の透明度と、山道に覆いかぶさるように咲いていた白い野ばらの美しさを語り、「それは、きれいなところだったんですよ、一度行って見てください。今は行くことが出来ないけれど……」と声を詰まらせました。

現実の道は封鎖されているけれど、彼女の話を聴いた人は、五月の海と白い野ばらを想像し、そこに通じる道を歩くことが出来ます。そこは、この世のどこにもない場所、紛れも無いユートピアなのです。

わたしたち在日韓国・朝鮮人は朝鮮半島が三十八度線によって南北に分断されてしまっ

た七十二年前から、想像の中で行けない場所に行き、逢えない人と逢って、涙が止まらなくなるという経験をし続けています。

警戒区域内にある自宅に一時帰宅をした男性が我知らず「イムジン河」を口ずさんでいたという話も聴きました。

「イムジン河」(原題・臨津江《リムジンガン》)は、朝鮮民主主義人民共和国の朴世永《パクセヨン》が作詞、高宗漢《コジョンハン》が作曲した歌です。

日本では、わたしが生まれた一九六八年に、一年間限定で活動した「ザ・フォーク・クルセダーズ」がカバーしたことで知られています。

同年に結成された劇団「東京キッドブラザース」のミュージカルナンバーを、フォークルの加藤和彦《かとうかずひこ》氏が担当していた縁もあって、キッドの演出家である東由多加《ひがしゆたか》は、十六歳だったわたしに、「イムジン河」が発売中止になった政治的な背景を説明してくれました。東は、在日でもないのに、朝鮮北部の馬息嶺《マシンリョン》に源を発し、下流は軍事境界線に寄り添っている臨津江と共に流れている民族分断の悲しみと、祖国統一への希望を熱く語っていました。

림진강　맑은　물은　흘러흘러　내리고

뭇새들　자유로이　넘나들며　날건만
내 고향　남쪽땅　가고파도　못가니
림진강　흐름아　원한싣고　흐르느냐

臨津江　水清く　静かに流れゆき
鳥は川よぎり　自由に飛びかうよ
南の故郷へ　何故に帰れぬ
臨津江の流れよ　答えておくれ
（訳詞・李錦玉《リクムオク》）

どんなに過酷な状況に追い詰められたとしても、想像力の翼をもぎ取ることは出来ないし、物語に通じる道を閉ざすことは出来ません。わたしは、津波と地震と原発事故によって奪われた彼らの故郷を、想像することによって再建したい。

わたしは、福島の物語を書きます。

分断された故郷

二〇一二年の三月十六日から、南相馬災害FMで「ふたりとひとり」という三十分番組のパーソナリティを務めています。

南相馬災害FM（愛称「南相馬ひばりエフエム」）は、東日本大震災の一ヶ月後に開設された臨時災害放送局です。放送局と言っても、市役所の一角にある十畳ほどの資料室をスタジオとして使用しています。

「ふたりとひとり」は、南相馬在住、南相馬出身、南相馬に縁《ゆかり》がある二人（親子、兄弟、姉妹、師弟、友人、同僚、夫婦など）と、わたしがお話しする番組です。

うどん屋、バーのマスター、クリーニング屋、主婦、小学校の校長、十二歳の男の子、日本舞踊の家元、農業や漁業や林業従事者、医師、看護師、旅館経営者など、年齢も職業も様々な五百人以上の方々のお話を収録してきました。

放送は毎週金曜二十時半〜、再放送は日曜十三時〜と、翌週火曜十六時〜の二回、超短波の周波数なので南相馬市内でも全域で受信出来るわけではないのですが、インターネットのサイマルラジオ（http://www.simulradio.info/）を通して、全国で聴くことが出来ます。

ギャランティはありません。

交通費も宿泊費も出ません。

ボランティアですか？と問われたら、違います、と答えています。何かに奉仕しているという意識は微塵《みじん》もないし、善行をしているとも思っていません。

取材ですか？と問われたら、それも違います、と答えています。書きたい作品のために材料を集めているわけではないからです。

二〇一一年三月十二日に、東京電力福島第一原子力発電所の一号機が、十四日に三号機が、十五日に四号機が水素爆発して放射性物質が飛散したことによって、未だに多くの人々が避難生活を余儀なくされています。

故郷を追われた彼らの存在が、わたしの心を占有し、そこにわたしが身を寄せるのは、おそらくわたしが朝鮮戦争によって故郷を追われ、今も分断されたままの故郷を持つ「在日」だからです。

世の中の東日本大震災と原発に対する関心は、時と共に急速に萎《しぼ》んでいるように感じられます。実際、出版業界では、震災関連の本はもう売れないと言われて久しいし、テレビ

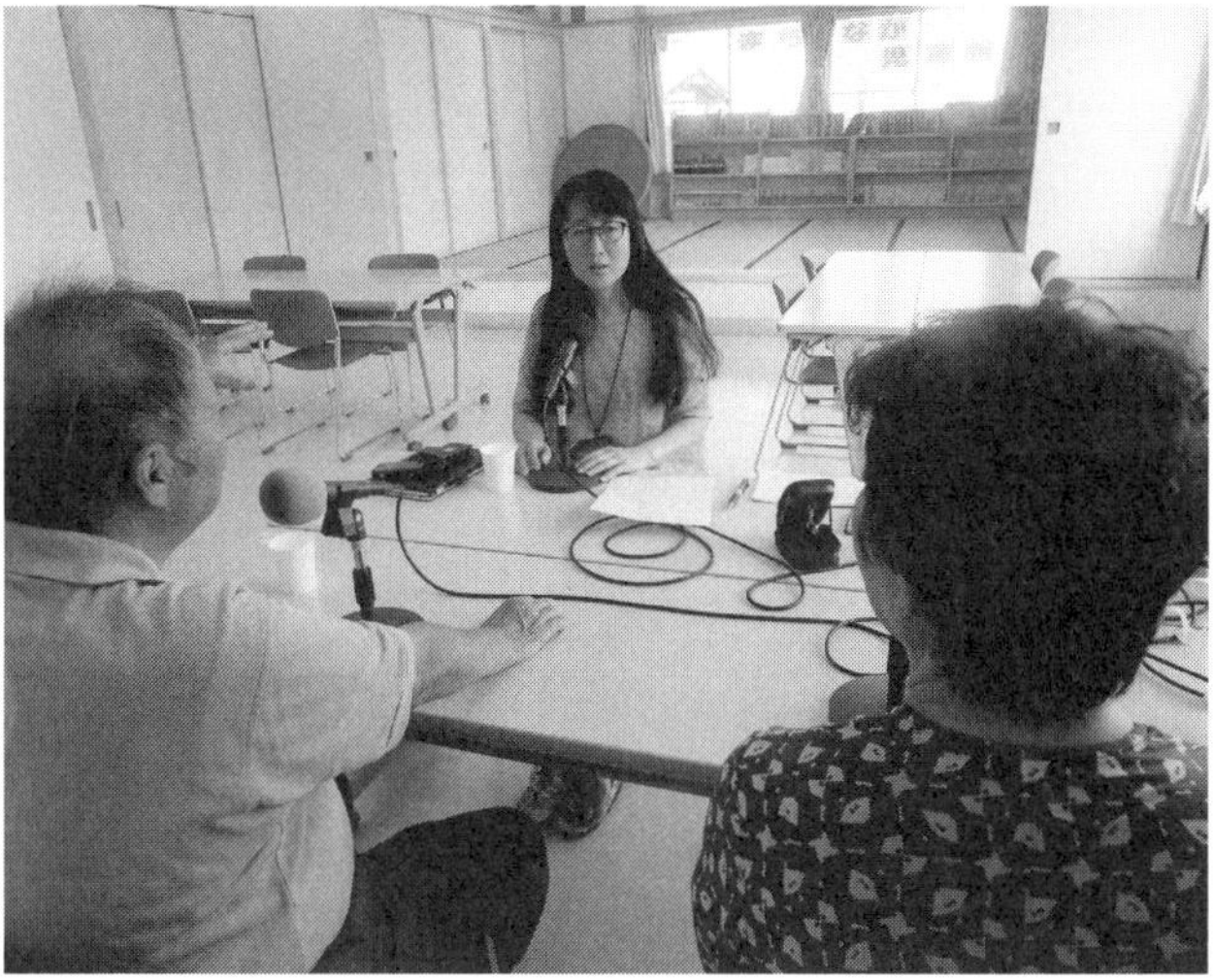

2012年3月16日から
放送を開始した
南相馬災害FMの番組
「ふたりとひとり」収録風景

業界からも、震災の関連番組は余りにも視聴率が低いので企画が通りづらいという声が聞こえてきます。

わたしは、関心や興味で関わることを決断したわけではありません。

南相馬ひばりエフエムが存続する限り「ふたりとひとり」を続けたいと思うし、閉局しても、南相馬とは関わり続けるつもりです。

いくつまで生きられるかわかりませんが、あの原発が更地になり、あの町で暮らしていた住民のみなさんや、その子孫が帰郷を果たせる日まで関わり続けたいと思っています。

犠牲者たちの声を聴く

「ふたりとひとり」第十九回に、元小学校教諭の菅野《かんの》清二《せいじ》さん（七十五歳）と南相馬でトマトを栽培している教え子の男性に、ご出演いただきました。毎回、ゲストの方に一曲リクエストしていただいているのですが、菅野さんは「アリラン」をリクエストしました。

戦前、南相馬市原町区（当時は相馬郡原町）には朝鮮人部落があり、子どもだった菅野さんは、父親に頼まれてよく密造酒を買いに行っていたそうです。

「おれがどぶろくとか焼酎買いに行くとね、『チョット待ッテロヨ』『オ前ゼニ持ッテルカ？　ホントニチャント金モッテコナイト、ヤラナイカラナ』とか言われるから、『だいじょうぶです、お金はお父さんが後で持って来ますから』ってね」

菅野さんの朝鮮訛りの日本語は、今マッコリを買って来たばかりのような臨場感があって、わたしは思わず噴き出してしまいました。

「密造酒の摘発があるでしょ？　朝鮮の人は、すげえ強いんだよ、警察に対してね。権力とか、生きていくってことに対して、敗《ま》けない。八月十五日、日本が戦争で敗けた日に、原町の、今じゃ『まちなかひろば』と呼ばれている空地で、朝鮮の人たちが、突然チャンゴを叩いて踊りまくって、それまでは禁じられていた朝鮮の歌をうたったりしてね。それを聴いて、『あぁ日本は、朝鮮の人たちにも敗けたんだな』と敗戦を実感したんだよ」

菅野さんの教え子にも、朝鮮の子どもたちは何人もいて、「児童会長を務めたくらいだから、差別はなかった」そうです。

一九五九年から始まった日朝両国の赤十字社の協定による帰国事業で、「祖国に帰ります」と新潟から船に乗った教え子もいれば、「朝鮮学校の先生になりました」と突然電話をかけてきた教え子もいて、菅野さんは、朝鮮学校を見に行ったこともあるそうです。その後連絡が途絶えて、「今どうしてっかな、って思うよ」と、菅野さんは、子どもの背丈あたりの虚空を見詰め、言葉でも沈黙でも蘇らすことが出来ない過去の時間を待っているような眼差しになりました。

先日、菅野さんから『도라지《トラジ》 福島県内の朝鮮人強制連行』（大塚一二著／鈴木久後援会）という本が送られてきました。鉱山や炭鉱で働かされていた朝鮮人の寮や飯場の場所や、朝鮮人労働者の死因や死者数が細かく記してあり、近隣の日本人の「鉱山の朝鮮人に南瓜を持たせたら、敗戦後に、お礼にと白、緑、桃色の美しいチマチョゴリの薄い布を贈られ、『朝鮮ニカナラズ来テネ』と別れを告げて去っていった」とか「朝鮮長屋に住む、子どもを一人二人連れたチマチョゴリ姿の若い母親が、『コンニチワ、米売リナサイ、コドモ泣クンデス』と家を訪ねて来て、『よその国さ行って、こんな生活しなけりゃならないのか』と思うとつくづく可哀想に思いました」などという日本人の実名の証言が集められています。

この本をわたしに送った菅野さんの思いと共に、当時浜通りで暮らしていた朝鮮人を見る日本人の眼差しに、蔑《さげす》みだけではなく憐れみも混じっていたのだということを知ることが出来ました。

福島県南部から茨城県北部の太平洋側「常磐地区」は、九州、北海道に次ぐ石炭の産地でした。

『福島県の百年　県民百年史7』によると、一九四五年八月十五日終戦時、「多数の朝鮮人や連合軍捕虜をふくむ三万五千人が一万七千トンの石炭を掘りながら敗戦をむかえた」ということです。

戦前から現在まで、日本という国家の戦力と経済力の成長のためのエネルギー政策によって、どれだけ多くの人が犠牲になったのか――、過去からの問いを提起しなければならないのではないでしょうか？

同胞たちの強い意志

いつか、訪れたいと思っていた郡山の福島朝鮮初中級学校を訪れることが出来ました。

二〇一四年三月十七日の朝七時五分に、南相馬市役所から高速バスに乗って福島駅に到着し、福島駅から別の高速バスに乗って郡山に到着し、水郡線《すいぐん》に乗って二駅目の磐城守山《いわきもりやま》駅に到着したのは、十二時十分のことでした。

駅からは携帯電話の地図アプリで道を検索しながら歩いたのですが、二十分を過ぎて人家が疎《まば》らになり、もしかしたら道を間違えたのかもしれない、と来た道を振り返りつつ坂道を上ると、左側の谷間に敷地面積九千坪を有する福島朝鮮初中級学校の校舎と校庭が見えました。

校門をくぐって、スロープを下りながら、わたしは左側にブルーシートで覆われた小山があるのを目にしました。

福島県内の学校では今やありふれた光景となってしまった、校庭などの放射線量を下げるために除去した表土を積んだ山です。

受付で名を告げると、すぐに校長室に通していただきました。

わたしは、金政洙《キムジョンス》校長（六十三歳）に「アンニョンハシミカ」とご挨拶をしました。

そして、三年前の東日本大震災と東京電力福島第一原子力発電所による原発事故後のお話を伺いました。

「原発事故が起きて、全国の朝鮮学校から、遠くは四国や北海道から、うちの生徒たちを受け入れますよというお申し出をいただいたんですが、新潟朝鮮初中級学校に決めてお願いをしました。あそこもうちと同じ小中学校だし、寄宿設備もあるし、片道二時間半だから親も週末には子どもの顔を見に行けるし、条件が整っていたからです。

五月十五日の日曜日に、福島から新潟に移動したんです。大変な荷物でした。保護者の中に二トントラックを持っておる人がいて、それでもいっぱいになりましたね。授業で必要な教材なんかも持って行かないといけませんでしたからね。

子どもたちには、二週間だけ新潟で合同授業をするよと説明したんですが、二週間というのは、あくまで子ども騙しなんですよ。最初から長い期間を伝えると抵抗が起きるだろうから、二週間の我慢だと言って納得させましょう、という話になったんです」

しかし、学校と保護者たちは話し合い、子どもたちの被曝量を減らすために一学期全期間を終えた後も、新潟での避難生活を続けさせる決断をします。

「十月末に、表土除去が終わって、保護者会を開いたんですよ、学校で。保護者の方々に、学校がどうなったのかを実際に見てもらわないといけないのでね。それで、保護者の方に『ここまできれいになったのなら、子どもたちを戻せますね』と納得していただいたんです。冬場になると、雪が積もって、新潟と福島を行き来するのが厳しくなるんです。それに、子どもたちは『二週間だけの避難だから』という保護者や教師の言葉を信じて新潟に行ったわけです。いつ帰宅できるのかわからない避難生活が長期間に亘り、主に小学校低学年児童の精神状態が不安定になっていたんですよ。うちに帰りたい、お母さんと一緒にいたい、とね。当然ですよね、突然、環境が激変して、小学校低学年の子どもが親と離れ離れになったわけですからね。『大人は嘘つきだ』という声も出ました」

日本のテレビや新聞では、原発事故で被害を受けた朝鮮学校の子どもたちの声が取り上げられることはありません。

福島県には、約一七〇〇人の在日韓国・朝鮮人が居住しています。

関西や東京に比べると少ないですが、いわきに常磐炭田という巨大な炭鉱があったために、戦前から炭鉱夫などの労働力として多くの朝鮮人が徴用されていたのです。

在日一世たちは、社会の底辺で働いて家族を養い、二世、三世とその地に根を張ってきました。

二世、三世にとって、福島は紛れもない生まれ故郷なのです。

原発事故で汚染されたのは、日本人の土地だけではありません。

ガラスバッジ（積算線量を推計するための個人線量計）を付けているのは、日本人の子どもだけではありません。

福島で生きているのは、日本人だけではないのです。

校長室で金政洙校長とお話ししているうちに給食の時間になり、わたしたちは食堂に移動しました。

ちょうど、八人の先生と十一人の生徒が一堂に会して、ハヤシライスとサラダとリンゴという献立の給食を食べようとしているところでした。

わたしは、食器にハヤシライスをよそって、「アンニョンハシミカ」と、六年生の女子生徒二人と担任の金姫順《キムヒスン》先生の席に座りました。

「アンニョンハセヨ」彼女たちは、少し訝《いぶか》しげにわたしの顔を見ました。

「六年生というと、二人は、もうすぐ卒業？」

「はい」と答えたのは、大きな黒い目が印象的な少女でした。

「午後は何の授業なんですか？」わたしは金姫順先生に訊ねました。

「習字です。習字は週に一度、毎週月曜日なんです。あと、卒業アルバムを作ったり、ね」

彼女たちは黙っていました。

「二人きりの卒業アルバムだと、二人のページがたくさんあっていいですね」

わたしは、今度訪ねる時は、授業や放課後も一緒に過ごし、彼女たちと打ち解けて話をしたいな、と思いました。

昼食の後、金政洙校長と校庭に出ました。

「実は、さっきお話しになった六年生の担任は、うちの下の娘なんです。上の娘も週四日講師として教鞭《きょうべん》を執《と》り、妻も週に一度、習字を教えに来ているんですよ。非常事態ですからね」

非常事態、という言葉を噛み締めながら、わたしは白いモニタリングポストの数字を心の内で呟きました。
○・一二六マイクロシーベルト――。
そして、校門をくぐる時に見た除染土の小山を覆ったブルーシートに目をやり、訊ねました。

「除染は同胞がやったんですか？」

「校庭の表土除去は業者がやったんですが、福島県内に残った保護者や卒業生が、全国から集まった同胞有志らと協力し合って、おおがかりな除染を五回やったかな。校庭の線量は低いんだけれども、山の斜面は表土を削っていないから、どうしても雨風の影響を受けてしまう。この前、大雪が降って○・○六ぐらいまで下がりましたからね。○・○六だったら原発事故前と変わらないから、ずっとこの数値でいてくれたらどんなにいいだろう、と思いながらモニタリングポストを睨んでいて、ダメだとわかってはいたんだけれども、やっぱり期待したよね。○・○六なんて絶対あり得ないよなって思いながらも、やっぱり……それが雪解けと共に元の線量に戻ってしまってね……」

わたしはブルーシートから目を逸らし、明るい空にくっきりと浮かび上がった裸木を見

福島朝鮮初中級学校の校庭に
設置されたモニタリングポスト
奥には除染土の
ブルーシートが見える

上げて、訊ねました。

「先生は福島のお生まれですか？」

「会津若松です」

「お父さまは？」

「全羅南道《チョルラナムド》ですね」

「お母さまも全羅南道ですか？」

「いや、うちの母は日本人ですよ。ダブルですよ、ダブル」と、金政洙校長の頬が緩み、人懐こい笑みがじわりと顔中に広がりました。

「朝鮮学校では、珍しくないですか？」

「東北や北海道は多いですよ。過去を振り返ると、炭鉱や土木の現場というのは男ばかりでしょ？　あの当時の東北には、若い独身の同胞女性なんていませんでしたから、身近な日本人女性と結婚したというケースは多いですよ」

「知りませんでした」

「空気いいでしょう。日本の学校の原型がここにある。自然も豊かだし、最高の場所ですよ、原発事故さえなかったら……」

「このまま生徒数が減ったら、廃校ということもあり得るんですか？」

「いえ、子どもが減ったからお手上げだということにはなりません。一人でも生徒がいる限り、その子に教育を保証しなければならない、というのが我々の基本精神です。新学期からは生徒が増えそうなんですよ。新潟に避難していた子も帰って来るし、十五人ぐらいにはなる。去年の四月は八人で新学期を迎えましたから、ほぼ倍に増えるわけでしょう。運動会なんかは、この人数ですから二時間もあれば終わるんですよ。一種目終わって退場したと思ったら、すぐに次の種目で入場しなければならないから、生徒は大忙しなんですよ」

金政洙校長は、両手を後ろに組んで子どもたちの声のしない校庭を見守っていました。

わたしも同じ方向をじっと見詰め、耳を澄ましました。

そこには、祖国から引き離された朝鮮の子どもに、祖国の言葉と文化を伝えなければならない、という強い思いのもとに朝鮮学校を立ち上げ、守り通してきた同胞たちの強い意志が響いていました。

質問

息子の中学校の入学式で、和服を着ました。

息子の国籍が、日本だからです。

息子に関わる行事（初宮参り、七五三、幼稚園の入園式、小学校の入学式など）では和服を着て、自分が公《おおやけ》の場に出る時はチマチョゴリを着る、と決めています。

わたしの母は、古い和服の生地を蒐集《しゅうしゅう》して自分で仕立てることを趣味にしています。

今回も、母が入学式用に縫ってくれた和服に袖を通しました。

母は、わたしの帯を締めながら、何度も言いました。

「和服を着るんなら、誰にも負けられないのよ。わたしたちは日本人じゃない、外国人なんだから」語尾に力の籠った厳しい口調でした。

着物と帯がちぐはぐだったり、着付けがだらしなかったりしたら、「やっぱり朝鮮人には、着物なんて無理なのよ」と日本人に陰口を叩かれるという意味だと理解し、姿見の中の自分を点検しました。

わたしは、朝鮮戦争の最中に日本に密航し、食うや食わずの中で大人になり、大変な苦労をして四人の子どもを育て上げた母の人生に思いを致しながら、帯を引っ張る母の腕の力に負けないよう、白足袋《たび》を履いた両脚の筋肉を硬くしました。

そしてその母の言葉を、和装をした自分の写真と共に、ツイッターのタイムラインに流したのです。

すぐに、日本人のフォロワー（同じ年頃の子を持つ母親）から、リプライが届きました。

「気負わないでください。自分で壁を作らないでください」と――。

彼女の言うところの「気負い」や「壁」の背景を説明しようと何度かツイートしかけましたが、思い留まりました。

わたしは二十代前半の時、友人のK子と、その友人のC子と共に山手線に乗ったことを思い出しました。

春でした。わたしたち三人はドアの前に並んで立っていました。通り過ぎる東京の町は、どこもかしこも桜の薄紅色で彩られていて、「日本って、ほんと桜だらけだよねぇ」などと、わたしは初対面のC子との話の接ぎ穂を探していました。

するとC子が、ふんわりとカールしたサイドの髪をいじりながら、わたしに向き直りました。

「ねぇ、さっき、名前教えてもらったけど、柳《やなぎ》の読み方ヘンじゃない？」

「あぁ……日本人じゃないから。韓国籍だから」

「え？　韓国で生まれたの？」

「いや、生まれたのは日本だけど……」

「え？　だったら日本人でしょ？」

「いやあの……在日韓国人……」

「ザイニチカンコクジン？」

「………」

わたしは、C子が降りるのは次の駅だな、と窓の外のピンクの綿菓子のような染井吉野《そめいよしの》に目をやり、電車が次の駅に到着するまでの数分間黙っていました。

C子は、わたしが気分を害したと思ったでしょうが、怒るとか悲しむとかそういう感情が生まれる以前に、これほどまでに知られていない、ということに呆然としたのです。

C子は、日本人の中流より上の家庭で生まれ育ち、中高一貫教育の私立校に進学し、誰もが知っている国立大学に入学して大学院で学んでいる優秀な学生でした。

息子の中学校入学式の日に
写真館で撮った
記念写真

日本人にアンケートを取ったら、どんな結果が出るでしょうか？
日本が朝鮮半島を植民地にしていたことを知っていますか？
朝鮮戦争を知っていますか？
在日韓国・朝鮮人とは、何者ですか？

ルーツとの邂逅

二〇一二年九月、慶州《キョンジュ》で行われた「国際ペン大会」にスピーカーとして招かれた時、アルジェリアのライターであるメッド・マガニ氏に、「柳さんは日本を許せたのか？　わたしは、フランスを許せない。自分がフランス語で読み書きしていること自体、苦痛だ」とフランス語で話し掛けられました。

二〇一三年一月十六日〜十九日の三日間に起きたアルジェリア人質事件で犯人グループが「マリでのフランスの軍事介入の停止やアルジェリア政府に逮捕されている同胞の釈放」などを要求したことが報じられ、アルジェリアと旧宗主国フランスの複雑な関係が取り沙汰されていますが、アルジェリアはフランスに一三二年間に亘って植民地統治され、およそ七年半の武装闘争で百万人とも言われる犠牲者を出して、一九六二年に独立を果たした国です。

マガニ氏とは、「許す」ということについて文通をしようという話になり、フランス人の友人に翻訳を頼んだのですが、マガニ氏の最初のメールを転送した後に届いた返信を読んで、フランス人がアルジェリア人に抱いている〝不快感〟という壁が立ち塞がりました。「フランス語で書きたくなければ、アラビア語で書けばいいのではないでしょうか。フランス語で書く利益があるからこそフランス語で書いているのではないでしょうか。お国では自由に意見が述べられないとか、フランス語で書いた方が読まれるとか、訳される可能性が高いとか、様々なフランス語で書く利益を挙げられると思います」

わたしは、損得勘定をして日本語で書いているわけではない、選択の余地なく、日本語は自分の血肉となってしまっている——、と思いはしたものの、ものごころついた頃から日本語に対する違和感を持ち続けているのも事実です。

マガニ氏の苦痛と同質なのかどうかはわかりませんが、日本語を生かすことによって、朝鮮語を殺しているような疚《やま》しさを感じる時が度々あり、その疚しさを苦痛と置き換えてもいいのかもしれません。

国際ペン大会の夜、チマチョゴリ姿で立食パーティーに参加しました。

会場で談笑したり飲み食いしているのは、皆、文学者（一一四ヶ国から集まった小説家、詩人、劇作家）だということでしたが、名刺を渡されて並んで写真を撮ることを繰り返しているうちに次第に顔が強張《こわば》ってしまい、わたしはバルコニーの暗がりへと逃れ出ました。

隅っこの椅子に腰かけて、通訳の女子大学生から、学習塾のテストの結果を苦にして自殺した小学生の話や、幼女を強姦殺害した二十代の青年の話を聞いていました。韓国国内の事件は日本では報じられないので、どれも初めて聞く話ばかりでした。

ここ数年、韓国社会は（日本社会のように）経済成長のみに奔走《ほんそう》した結果、勝者には成り得ない不運な青少年の心と精神を叩きのめし、暗い隘路《あいろ》へと追い込んでいるのではないか、と思わずにはいられませんでした。国の基盤となる（そして未来を担う）のは経済ではなく、人の心だという根本を蔑《ないがし》ろにした社会は、いつかは重心を失って転落する――、と思いながら通りがかった給仕に空になったワイングラスを渡しました。

すると、七十代の夫婦らしき男女が近づいてきました。

「柳さんは、スピーチの中で、母の生まれ故郷は慶尚南道密陽《キョンサンナムドミリヤン》、父の生まれ故郷は慶尚南道山清《サンチョン》と仰っていましたが、わたしも山清出身なんです」

と、彼は並んで写真を撮る間も、ずっと興奮気味にしゃべり続けていました。

記念撮影後、彼の名刺を訳してもらいました。

「慶尚大学校・名誉教授、国際ＰＥＮ韓国本部・副理事長、慶南文人協会会長」

「시인입니다《シインイムニダ》」と、姜熙根《カンヒグン》さんは自己紹介をし、詩人《シイン》という単語は、聞き取ることが出来ました。

「お父さんが生まれ育ったのは山清のどこですか？」と訊ねられ、（ハングルの読みが不確かだったので）名刺の裏にボールペンで「生草面《センチョミョン》」と書いて見せると、「生草面！　똑《トッ》같네요《カツネヨ》！（同じだ）」と叫んで、わたしの手を握り、「정말이에요《チョンマリエヨ》？（ほんとですか）山清郡生草面！」とベランダ中の人が振り返るような大声で叫ぶと、わたしを真ん中にしてご夫妻でわたしの右手と左手を繋いで輪になり、「山清！　山清！　山清！」とぐるぐる回り始めました。

二〇一一年一月八日に山清に行き、お墓参りをした時のことを思い出しましたが、通訳の女子大学生が疲れているようだったので口にしませんでした。

山清は、足踏みしないと立っていられないぐらいの厳しい寒さで、山も道も墓も雪で真っ白でした。

父方の祖先が一体一体埋葬されている土饅頭《どまんじゅう》の前で、父と二人で立ったまま両手を額にかざし膝を折って地に伏す큰절《クンジョル》（大きなおじぎ）を行いました。

父と母は、わたしが十歳の時に別れ、母と共に家を出たわたしは父とは疎遠で、旅行をするのは実に三十五年ぶりでした。

けれど、墓から墓に移動して、何度も雪の上にひれ伏しているうちに、痛みや蟠《わだかま》りによって堰《せ》き止められていた「家族の時間」が流れ出し、「たくさんの死者によって、今この瞬間を生かされているのだ」ということを全身で感じたのでした。


日本に戻ってしばらくして、姜熙根さんから手紙が届きました。

「わたしは山清郡へ行って、関係公務員に、二〇一三年に山清で『世界伝統医薬（漢方）エキスポ』が開催されることになっており、この機会を利用するか、そうでなければ山清郡で独自の行事を作って柳先生にお越しいただく方法を模索するよう要求しました」

便箋の最後の一枚は、わたしに捧げるという詩でした。

彼女はじきに父の川の水が流れる
山清に飛んで来るだろう

国際ペン大会でのスピーチ

読みながら、「世界伝統医薬（漢方）エキスポ」に出掛ける自分の姿を想像して笑いが込み上げてきましたが、父方のルーツを辿る長編小説（母方のルーツを辿った『8月の果て』と対になる作品）を書きたいと思っているので、同じ集落出身者に山清を案内してもらえるというのは願ってもないことです。

山清は、智異山《チリサン》の麓《ふもと》にある小さな町です。

智異山は、金剛山《クムガンサン》、漢拏山《ハルラサン》と共に朝鮮三神山の一つとされ、韓国三大寺院に数えられる華厳寺《ファオムサ》や、双渓寺《サンゲサ》、実相寺《シルサンサ》など多数の寺院が建立《こんりゅう》されている観光地として有名ですが、植民地時代には抗日闘争の本拠地となり、朝鮮戦争時には朝鮮人民軍がパルチザン闘争を展開した、闘争と虐殺の歴史も刻まれています。

小説の舞台としては、非常に手強い土地ではありますが、智異山を登りながら構想を練りたいと思います。

祖国の心

『ピョンヤンの夏休み』（韓国版）のプロモーションのためにソウルに滞在し、韓国メディアのインタビューを受けた時のことです。

場所は、ソウル市庁前広場のスターバックスコーヒーでした。

通訳の方が三十分遅刻し、困り果てた記者がスマートフォンの Google 翻訳で質問を試みました。

「国籍は大韓民国ですか？」

わたしは「ＹＥＳ」と答えました。

「何故、大韓民国の国民なのに、朝鮮民主主義人民共和国のことを祖国と書いているのですか？」

「ＹＥＳ」「ＮＯ」では答えられない質問なので、それは通訳が来てから答えます、と保留にしました。

通訳の方でも、政治的に微妙な話を訳すのは難しいらしく、電子辞書で検索しながら何度も意味を問い直したり、わたしもシンプルで短い答えに変えてみたりしたので、きちんと伝わったのかどうかは甚だ心許無《こころもとな》いです。

印象深かったのは、ハンギョレ新聞の崔在鳳《チェジェボン》記者との再会でした。二十年前、島根県出雲で行われた日韓文学シンポジウムでの、崔記者の質問を憶えていたのです。

「大韓民国の国籍を持つのに、日本で生まれ育ち、日本語で作品を書き、韓国語の読み書きが出来ないことを、作家としてどのように考えているのですか？」

「わたしは日本語にも韓国語にも常に違和感を覚えてきました。この違和感こそが、戯曲や小説を書く動機と武器になってきたのだと考えています。このギクシャクとした不自由な言葉を使って、わたしは書き続けるしかないのです。言葉は、わたしを傷つけ血を流させるものでしかありません」というのが、二十年前のわたしの答えでした。

インタビューを終えた崔記者に、「柳さんは、二十年前と全く印象が違います。別人みたいです」と言われました。二十代半ばのわたしは、常に厳しい顔をしていて、気易く話し掛けられるような雰囲気ではなかった、他者を完全に拒絶していた、と——。

「そうかもしれませんね。今は、ウリマルの学習に本腰を入れようと思っているんです。ソウルの大学に留学して、みなさんと通訳なしで、マッコリを呑みながら語り明かしたいです」

「とても良い変化ですね」

わたしたちは顔を見合わせて笑い、ソウルでの再会を約束して握手で別れました。

インタビュー八件を終え、取りの『民族21』の安英民《アンヨンミン》編集長のインタビューは、仁寺洞《インサドン》の居酒屋に移動して受けました。インタビュー終了後にひと抱えもあるような大きな木製ボウルに入ったマッコリがテーブルの真ん中に置かれ、そのまま打ち上げとなりました。

通常は乳白色のマッコリが緑色だったので驚くと、磨り潰した松の葉を混ぜた「ソルリプマッコリ」で、どれだけ呑んでも二日酔いにならないし、体にとても良い、と安英民編集長が柄杓《ひしやく》でよそってくれました。

わたしは下戸《げこ》で、両親共にコップ一杯のビールで真っ赤になるアルコールを受け付けない体質です。

注がれたら杯を置かずに飲み干すのが韓国流の飲み方だということは知っていましたが、「遺伝的にアセトアルデヒド脱水素酵素が少ないと思われるので、ゆっくり少しずつしか呑めません」と前置きして、みなさんと乾杯しました。

安英民編集長は、平壌のホテルのラウンジで、北の同胞たちと酒の呑み比べをした時のことを話してくれました。

最初の晩は、北の焼酎で勝負し、北チームの圧勝（南チームは酔い潰れた）。このままでは勝ち目がないと作戦会議を行い、二夜目は爆弾酒（まず、コップにビールを注ぎ、その中にウイスキーを注いだショットグラスを沈める、という一九八〇年代に韓国で流行した飲み方）で戦って南チームが勝利し、一勝一敗の引き分けとなった――。

三夜目の勝負は？　引き分けのまま終了したんですか？と訊ねなかったのは、「ソルリプマッコリ」でかなり酔いが回っていたせいだと思うのですが、編集長はマッコリを（木のボウル単位で）十回はお代わりしていて、深夜零時を過ぎても、お開きの気配はありませんでした。

「柳さん、アルコール消費量世界一がどの国だか知ってますか？」と編集長に訊ねられました。

「それはロシアでしょう。ウォッカの呑み過ぎで雪の中で倒れて、毎年凍死者が出るんですってね」と、もはや何杯目だかわからないマッコリを呑みながら、若い頃より酒を呑めるようになったかもしれないと思いました。

「世界第二位は、大韓民国です。人口はロシアの三分の一なのに、第二位ですよ。南と北を統一したら、間違いなく世界一酒に強い国、アルコール消費大国になりますよ」と、煙草に火をつけた安英民編集長の目の縁は、ほんの少しだけ赤くなっていました。

編集長は「직녀《チンニョ》에게《エゲ》（織姫に）」を朗々とした声で歌うと、「彦星が織姫との逢瀬を偲《しの》ぶ心情を歌詞にしてあるんですが、南の地で過ごしている我々が、北の地で過ごしている同胞を思うという意味も込められています。じゃあ、次は柳美里氏！」と、わたしを指名しました。

わたしは「イムジン河」を、ザ・フォーク・クルセダーズの歌詞で歌い、二番は全員がウリマルで合唱してくれました。

「この店は、デモの後にみんなで集まり、語り明かし呑み明かす店なんです」と編集長が教えてくれました。

わたしは、ハンギョレ新聞のインタビューの写真撮影の際に、ザ・ノース・フェイスの完全防水のダウンジャケットを着ていたカメラマンに、「山登りがご趣味なんですか？」と訊ねたことを思い出しました。

「これは戦闘服です。デモで機動隊に放水をされても、これを着ていれば大丈夫」とカメラマンは胸を張ったのです。

千鳥足《ちどりあし》で店を出ると、外は氷点下十度、それでも先週よりはだいぶ暖かいということでした。二十人ほどいる人たちと酒臭い白い息を吐きながら別れの握手をしました。

平壌で教わった「또《ト》 만납시다《マンナプシダ》（またお逢いしましょう）」という挨拶を口にすると、安英民編集長に「韓国ではそんな改まった言い方はしませんよ」と笑われました。

わたしは、凍って硬くなった雪道を歩く自分の足音を聞いて、祖国に居るのだということを実感しました。そして、もう一つの祖国である朝鮮民主主義人民共和国の真冬も膚《はだ》で感じてみたい、と思いました。

日本に戻って二夜連続で、朝鮮語の夢をみました。初めから終わりまで朝鮮語の夢をみたのは生まれて初めての経験でした。それはお告げのようでもあり、正夢のようでもありました。

初めて韓国を訪れた二十歳の時、植民地時代に日本語教育を受けて日本語の読み書きや会話が出来る一番下の世代は六十代でした。

彼らは、宴会などで日本語で話し掛けて下さったり、わたしの作品の日本語の原文と朝鮮語の翻訳を読み比べて間違いを指摘して下さったり――、今思うと、わたしは彼らの（朝鮮語を奪われ、日本語を強制された）不幸に倚《よ》りかかっていたような気がします。

時は過ぎ、二十歳の娘だったわたしは五十代に差し掛かり、六十代の老人だった彼らは九十代になり、耳も遠く、足腰も覚束無《おぼつかな》くなっています。

遅きに失するということがないように、今から朝鮮語を自分のものにしたいと思います。

「我々」という曖昧さ

ＮＨＫのＥＴＶ特集「歴史と民族から考えるウクライナ」（二〇一四年五月二十四日放送）を見ました。

ギリシャ・カトリックを信じ、ウクライナ語を話すウクライナ系住民の割合が大きい西部、ロシア正教を信じ、ロシア語を話すロシア系住民の割合が大きい東部、両者より前にクリミア地方に居住し、イスラム教を信じているクリミア・タタール人――、それぞれの民族的アイデンティティの根幹となる歴史的出来事を説明した丁寧な番組作りに好感を持ちました。

しかし、元ＮＨＫ解説委員長の藤澤秀敏《ふじさわひでとし》氏の「ウクライナ人もロシア人も、元々スラヴ民族ですよね？　それが今、ウクライナとかロシアという形で民族同士が戦うっていうのは――、我々にとっては、よく解らない状況が起きている」という発言には、「我々」とは誰のことを指しているのだろう？と首を傾げざるを得ませんでした。

藤澤氏の問い掛けに対するパネリストの山内昌之《やまうちまさゆき》氏（明治大学特任教授）の答えは、歴史的に抑圧された民族への情理を尽くした発言でした。

「抑圧する立場に立たざるを得ない民族のナショナリズムと、抑圧される民族のナショナリズムは違う。歴史的に抑圧してきた民族の方が理解を示していくべきではないだろうか。抑圧されてきた民族というのは、自分たちの存在や生存の権利というものについて訴えてこられなかった」

藤澤氏が不用意に口にした「我々」とは「世界一平和で安全な日本に住む日本人」のことで、その日本人によって抑圧され差別され続けている約五十万もの在日韓国・朝鮮人の存在も、さらに数が多いと思われる在日韓国・朝鮮人と日本人との混血者も含まれていません。

在日韓国・朝鮮人は「在日」という言葉の通り、日本の内側に在るにもかかわらず、無視されるか、あるいは「余所者《よそもの》」として白眼視され、排斥《はいせき》される存在なのです。

二〇一四年五月十一日、わたしは西新宿の柏木公園に向かいました。数年前から排外デモを行っている「新社会運動」主催の「世界平和大行進」を取材するためでした。

前年二月九日に、同じ「新社会運動」主催の排外デモで掲げられた「良い韓国人も悪い

2014年5月11日
新宿の靖国通りで行われた
排外デモ「世界平和大行進」

韓国人もどちらも殺せ」「朝鮮人首吊レ毒飲メ飛ビ降リロ」というプラカードや、「不逞鮮人を死ぬまで追い込め」「朝鮮人をガス室に送り込め」などというシュプレヒコールがツイッターやFacebookなどで広く拡散されました。超党派で人種差別撤廃基本法を求める議員連盟が結成され、法案の実現に向けて法制局との協議が進められました。

「新社会運動」の参加者も危機感を覚えたのでしょう、横断幕は「支那朝鮮の無い平和な世界を」、プラカードは「外国人の生活保護は違法です」「竹島は日本領土　日韓友好は嘘」「日本を侮辱する韓国とは断交だ」などと、彼らなりの曖昧さが加味されていましたが、参加者の中には旧日本軍兵士のコスプレをした男たちもいて、グロテスクな光景であることには変わりありませんでした。

日曜日の午後二時の靖国通りです。

快晴の空の下で日の丸や旭日旗をはためかせて歩く、帽子やサングラスやマスクで顔を隠した五十人ほどの男女――、彼らが陶酔と高揚によって、「朝鮮人を叩き出せ！」「朝鮮人をぶっ殺せ！」と叫び出すまでには、そう時間はかかりませんでした。

わたしは、彼らの姿や声をツイッターで拡散しました。

欧米の友人たちにも、メールに添付して送りました。

友人たちの返信メールをいくつか紹介します。

「大抵の日本人がああいうデモを見ると、怖いと言うから、今の日本で朝鮮人虐殺が起きるとは思いませんが、戦前のドイツ人も同じことを思っていたのでしょう」

「スウェーデンでは、このようなデモは起きないと思います。デモを行うには許可を得なくてはなりませんが、人種差別的な主張をするデモは法律に反するので許可を得られません。事前の届け出では法律の範囲内の主張を行うとして許可を得られたとしましょう。デモの最中に『移民を殺せ！』などという犯罪的なシュプレヒコールを開始したら、その瞬間、デモの中止と解散が命じられます。デモの主催者と参加者はマスコミによる激しい批判に曝されます。日本に人種差別を禁止し処罰する法律がないのが不思議です」

　日本でも、もし、黒人やユダヤ人に対して、誹謗中傷や侮蔑の言葉を投げ付け、殺害を扇動《せんどう》するようなシュプレヒコールを口にしたら、即座に逮捕されるのではないでしょうか。

「世界平和大行進」の参加者は、デモ参加者の十倍は優にいた警察や機動隊の人垣に守られ、二時間ものあいだ拡声器で「朝鮮人をぶっ殺せ！」と人種差別を扇動し続けました。

　日本政府は、そして日本人は、いったいいつまでこのヘイト・クライム（憎悪犯罪）に対して、見て見ぬ振りを続けるのでしょうか？

「人」との「間」に在《あ》るもの

最近、「人間」という言葉が胸につかえています。

小説を書く場合、「人」は一個人という意味合いで使うけれど、「人間」は社会や世間が絡んでくる場合にのみ使っています。

「人」との「間」が、人と人との関係において最も重要なのではないかと、わたしは思います。

自分と他者との「間」は、主観としては自分を他者から隔離する溝や裂け目と感じられることもあり、そこから疎外感や孤独感が生まれるわけですが、「間」を客観視することによって自分と他者の姿が立ち現れます。

互いに自分と相手の差異をはっきりと認める時はじめて、「人」との「間」を縮められる可能性が生まれるのです。

他者にいきなり顔を近づけて唾を吐きかけたり、体当たりしてくるような差別や侮蔑は、

「人」との「間」を客観視できないゆえの行為だと断じていいと思います。

わたしは、ツイッターを断続的にやめています。(アカウントはそのままにして、秘書業務を担当している夫に仕事の告知のみをツイートしてもらっています)

ツイッターで、この国に対する批判的な発言をすると、即座に感情的偏見の石つぶてのようなリプライが押し寄せてきます。匿名《とくめい》の輩に、「柳美里の朝鮮人の息子、焼き払ったほうがいいｗｗ」「キムチ悪い」「汚い在チョン」「チョン死ね!」「息子と二人で早く日本から出て行け!」などと罵詈雑言《ばりぞうごん》を浴びせられることに、ほとほと嫌気がさしています。

南相馬で瓦礫撤去などのボランティアをし、地元の人に感謝されている男性が、「(柳美里は)福島の名前出して同情買うのに必死ですが、あの人の母親は韓国から来た密航者ですからね。厳密にいうと福島は故郷ではない」などとツイートし、その知人のボランティア女性が、「顔の薄い奴に囲まれると蕁麻疹《じんましん》出ちゃうから、西、特に関西と福岡には旅行ですら行かないけど。在日とか解同だらけでしょ? 放射線量より身体に異変きたすもん」とツイートしている——。

おそらく、南相馬の街中《まちなか》で彼らとばったり遭えば、善行をしている「普通の人」に見えるのでしょう。

でも——、そういう善行をしている「普通の人」たちが、関東大震災の余震が続く中で、

「チョウセンジンが不逞の目的を遂行せんために井戸に毒を投げ入れた」などという流言蜚語を易々と信じて、手に手に包丁や竹槍や鉄棒や鳶口《とびぐち》を持って「チョウセンジン」を虐殺したのだろうな、と彼らのアカウントの「善人」らしい顔写真に見入ってしまうのです。

内なる不満や不足や苛立ちや焦燥や怒りから逃れるために、外なる偏見や差別や憎悪に自らを委ね、他者を差別し攻撃する連帯感（他者が悲しみ苦しみ憤る様を見るのが、彼らの快楽らしい）に溺れる人が増えているのを肌で感じています。

彼ら一人一人に問うてみたい気もします。

あなたは自分が何を考え、何をしているか、解っていますか？

あなたの自分はどこに在るのですか？

自分の最初で最後の立場は、自分です。

信じるのも疑うのも自分、闘うのも逃げるのも自分、愛するのも憎むのも自分です。

不満や不足や苛立ちや焦燥や怒りは、自分のものなのです。

人生とは自分自身を体験することに他ならないというのに、他者を羨んだり妬んだり蔑んだりすることで自分の人生を費やしている人は、憐れとしか言いようがありません。


橋下徹大阪市長による「慰安婦みたいな制度が必要だったのも厳然たる事実だ」という

発言を受けて、維新の会の西村眞悟氏は「日本には韓国人の売春婦がうようよいる」と発言しました。

韓国から来日し、橋下徹市長と面会する予定だった、日本軍「慰安婦」だった過去を持つ金福童《キムボクトン》氏と吉元玉《キルウオノク》氏が「会うのが嫌になった」として面会を取り止めると、維新の会の中山成彬《なかやまなりあき》氏は「(元慰安婦の)化けの皮が剝がれるところだったのに残念」とツイッター上で発言しました。

政治家は、その国の国民に支持されなければ権力の座に就けない存在です。他国民の感情を侵害することによって自国民の愛国心を煽り、彼らが得ようとしているのは票でしかありません。彼らは、愛国心に基づく他国への敵意や憎悪は正義であるかのように喧伝《けんでん》していますが、真の正義には国籍がありません。

正義はおそらく、「人」との「間」に在るのだと、わたしは思います。

第二次世界大戦で関東軍特殊通信情報隊に徴用され、終戦直後ソ連軍に拘束され、重労働二十五年の刑という判決を言い渡され、一九五三年のスターリン死去の特赦までシベリアの収容所で強制労働に従事した詩人の石原吉郎はこう書いています。

「私が無限に関心をもつのは、加害と被害の流動のなかで、確固たる加害者を自己に発見して衝撃を受け、ただ一人集団を立去って行くその〈うしろ姿〉である。問題はつねに、一人の人間の単独な姿にかかっている。ここでは、疎外ということは、もはや悲惨ではありえない。ただひとつの、たどりついた勇気の証しである」

遅いが、まだ遅過ぎない

もし、我が子が他人の子（Ａくん）をイジメて怪我を負わせたとしたら、保護者はどんな対応をすべきでしょうか。

まず我が子やＡくんや学校関係者や他の生徒から事情を聞く。我が子が「みんながイジメてたから、ぼくもやったんだ。なんでぼくだけが責められるのかわからない」などと言ったら、「あなたがイジメたかどうかが問題だ。あなたは自分のしたことに責任を取らなければならない。みんなもやっていたと責任逃れをしようとするのは卑怯だ。ＡくんとＡくんのご家族に謝りに行かなければならない。謝ってもイジメたという事実、Ａくんの心と体、Ａくんのご家族の心を傷つけたという事実は消えない。許してもらおうなんて虫がいいことを考えてはいけない。謝って、Ａくんとご家族のお話を聞く。そして、どのような償いをすればいいのかを考えるしかない」と話し、Aくんのお宅に電話を掛けて謝罪し、今から息子と二人でお宅に伺わせてくださいとお願いする——。

これは決して特殊な対応ではないと思うのです。子を持つ日本人の大半が同じような対応をするのではないでしょうか。

では、何故、自分の祖父たちが、他国の人を「坑夫・土工・職工」や「慰安婦」や「丸太」や「学徒兵・特攻隊員」として酷使し蹂躙《じゅうりん》し殺害したことに対しては、「日本人だけではない、欧米諸国も似たようなことをやっていたし、韓国もベトナム戦争で残虐行為をやっていた」「だいたい、七十二年も前のことじゃないか。何故いつまでも過去に拘《こだわ》り、日本人の悪口を海外に垂れ流すのか」などという日本人が多いのでしょうか。

NHK大河ドラマ『八重の桜』の舞台となった会津若松市は、戊辰戦争で会津に攻め込んだ長州藩の首府であった萩市が「もう一二〇年も経ったので」と戊辰戦争の和解と友好都市締結を一九八六年に申し入れた際、「まだ一二〇年しか経っていない」と拒絶をしました。

この話は美談として伝えられています。日本人は、一二〇年経っても、萩市と友好関係を築くことよりも、薩長土（薩摩・長州・土佐）によって滅ぼされた祖先の無念を自分の心に引き受けて生きる「会津人」の心情ならば理解することが出来るのです。

朝鮮半島が植民地支配から解放されて七十二年が経ちましたが、被害者とその家族はまだ生きていて、日本と日本人から受けた痛苦に今も苛まれています。

二〇一三年、逃亡先のアルゼンチンで身柄を拘束されて終身刑の判決を受けたナチス親衛隊の元大尉エーリッヒ・プリーブケが百歳で死亡しました。

葬儀を行おうとしたところ、五百人余りの市民が「人殺し！」などと叫びながら霊柩車を取り囲んだり叩いたりしたため、葬儀は中止となりました。十九日に、プリーブケの弁護士が「秘密の場所に埋葬することで当局と合意した」と発表しました。

ユダヤ人は、まだ訴追されていない戦争犯罪人を今も捜し続けています。二〇〇一年から二〇一二年に世界各国で有罪判決を受けたナチス戦犯は九十九人です。ユダヤ系人権団体はベルリンなどの大都市で「遅いが、まだ遅過ぎない。最後のチャンス」と記したポスターを貼り、記者会見でこう訴えました。

「戦後は別の人生を歩み、既に年老いた人を訴追することに意味があるのかとよく訊かれる。だがおぞましい大量殺人の罪は時の経過で消えるものではない。高齢でも出廷に耐えられるなら、必ず法の裁きを受けさせる」

一方日本では、「関東大震災朝鮮人虐殺」、「従軍慰安婦」、「強制連行」、「731部隊」の加害者は、裁判で罪に問われ刑罰を受けることなく、子孫に対して口を閉ざしたまま次々と天寿を全うしています。

「ヘイトスピーチ」は、現実社会での不安や不満の捌《は》け口をインターネットに求める「ネトウヨ」がゲーム感覚でやっているだけなので相手にしなければいいのだなどという意見もありますが、彼らは少数の差別主義者ではありません。彼らの父母の世代が、その上の世代が行った犯罪を隠蔽し、戦争の「被害者」として同情したり、「英霊」として崇拝をしてきた戦後七十二年の間に「ヘイトスピーチ」を噴出させる差別意識が培養されたのです。

遅いが、まだ遅過ぎない——。

まずは、事実を認識し、その認識を国民に周知させてほしい。

「水に流す」ことを被害者側に求める前に、加害者側が犠牲者の名を「碑文《ひぶん》に刻む」べきです。

誰もが歴史の上に暮らしている

二〇一一年の五月半ばの十日間、ドイツとオーストリアの五都市で『ゴールドラッシュ』の朗読会を行いました。

最終日の五月十九日、ハンブルクのダムトーア駅に到着したのは二時過ぎでした。わたしは、原稿の資料本と大学関係者に献本する自著を詰め込んだために超過料金を取られたトランクを押し、二十キロの登山リュックを背負って、ホテルを目指して歩きました。

全ての日程に同行し、ドイツ語の朗読をしてくれた翻訳者の岩田クリスティーナさんは軽装でした。

ドイツの舗道は、トランクのキャスターには酷過ぎる石畳で、数メートル毎《ごと》につっかえては、トランクを持ち上げなければなりませんでした。

石畳と悪戦苦闘している時、石と石の間に金のプレートが埋め込まれていることに気付

強制収容所で殺害された
ユダヤ人が住んでいた証を記す
「金のプレート」

きました。

「これは、何ですか？」わたしはティナさんに訊ねました。

「昔この家に住んでいて、強制収容所で殺害されたユダヤ人の名前です。ここは、ハンブルクの一等地で、裕福なユダヤ人がたくさん住んでいました」

顔を近づけて見ると、金のプレートには「HIER WOHNTE《ここに住んでいた》 HERBERT FRANK JG.1884……」と刻んでありました。

わたしは、その家のドアに目をやりました。

「住民から反対はないんですか？」

「事実として受け止めています。誰もが歴史の上に暮らしているんです。今、ドイツでは殺害された全てのユダヤ人の住所を調べて、判った順にこのプレートを取り付けています」

わたしは「誰もが歴史の上に暮らしている」というドイツ人のティナさんの言葉に深く頷きました。

歴史は年表のように直線的に捉えることも出来ますが、地層のように重層的に捉えることとも出来るのです。

ティナさんはこうも言いました。

「強制収容所で殺害されたユダヤ人の数を聞いても、犠牲者の姿を想像することは出来ないけれど、プレートに名前と誕生日と命日が書いてあれば、想像する手がかりになります」

一九三三年、ヒトラー率いるナチスが政権を握った時、ハンブルクには一万七千人のユダヤ人が暮らしていたそうです。一九四五年の終戦時には、僅か数百人——。

金のプレートを踏まないよう下ばかり見て重いトランクを押しているうちに、V・E・フランクルの『夜と霧』の中の言葉が蘇りました。

「彼が収容所で唯一の心の拠り所にしていたもの……愛する人……がもはや存在しない人は哀れである。（略）彼は市電に乗り、それから数年来心の中で、しかも心の中でのみ見たあの家の所で降り……彼が多くの夢の中で憧れたのと全く同じように……呼び鈴を押し……だが、ドアを開けるべき人間はドアを開けないのである」（霜山徳爾訳・みすず書房）

対話とは何か

二〇一三年六月十三日に、スウェーデン大使館の大使公邸で「震災と文学」をテーマに一時間の講演を行いました。

ラーシュ・ヴァリエ・スウェーデン大使は、わたしの「潮合い」という短編をスウェーデン語に訳してくださった方で、リトアニア、韓国に大使として赴任されて、二〇一一年に日本に戻って来られました。

講演が始まる前に、応接間でお話をしました。

「柳さんのツイッターのアカウントをフォローしています」

「ツイッターは見るのをやめました。アカウントは閉じてはいませんが、仕事の告知などはスタッフに任せています。『キムチ悪い』『汚いチョン』『チョン死ね』『早く日本から出て行け』などのリプライが絶えずあります。ツイッターは匿名であっても、そのアカウントに飛べば、他のフォロワーとのやりとりから、その人物の姿が垣間見えます。『汚い在チョン』とか『チョン斬《ぎ》れ』などとツイートしている人が、愛妻家で子煩悩《こぼんのう》なサラリーマンであったり、動物保護活動や被災地支援活動をしている若者であったり、正看護師の国家試験の勉強を頑張っている准看護師だったりするのを見ると、あぁこの人たちは、その辺りを歩いているごく普通の一般的な日本人なんだな、と暗澹《あんたん》たる気持ちになります」

ヴァリエさんは、京都大学に招致留学していた時に「日本と朝鮮の古典文学」を比較研究していたので、日本と朝鮮半島の間に横たわる歴史問題をよくご存知です。

ヴァリエさんが、ツイッター上で日本の朝鮮民族に対するヘイトスピーチに言及すると、匿名アカウントからの罵詈雑言のリプライが押し寄せてきたそうです。

「スウェーデンやヨーロッパ諸国にも、差別はあります。しかし、公《おおやけ》の場でヘイトスピーチをすることは許されない。政治家は、ヘイトスピーチに対して断固たる態度を取らなければならないのに、日本の政治家は曖昧な態度を取っています。公の場で、あのような酷い言葉を発することを許していれば、いつか必ずテロが起きます。日本の右傾化が囁かれて久しいですが、今はいつテロが起きてもおかしくない危険な状況です。それなのに、日本人は危機意識を持っていない。他の国の大使と話しても、最近はその話題がよく出ます」

ヴァリエさんには珍しい強い口調でした。

「言葉による火種がテロとなって燃え広がる前に、一人でも多くの日本人に危険に気付いてほしいです」

わたしは、ヴァリエさんと初めてお会いした一九九八年頃にはまだ潜伏していた排外的な愛国主義が大手を振って罷《まか》り通っている、と「在日」の苦境を説明しました。

講演後に、ヴァリエさんから「今年スウェーデンへいらっしゃいませんか」とご招待いただき、十月二十五日から三十一日の一週間、スウェーデンの首都ストックホルムに滞在することになりました。

わたしの仕事は、ストックホルム大学・東洋学部日本学科の学生たちとのディスカッションと、ダンス博物館での講演でした。

ストックホルム大学の校舎は、ブルンスビケン湖の畔《ほとり》にあります。ストックホルムは大小合わせて十四の島からなる水の都で、とにかくどこへ行っても港か湖畔か川辺なのです。どこからが海で、どこからが川なのか旅行者にはわかりづらく、わたしは何度も「ここは海ですか?」と案内と通訳を担当してくれたアダム・ベイェさんに訊ねました。

十歳下のアダムは、大学時代、「日本における朝鮮学校出身者への差別の有無」を研究し、朝鮮学校で英語教師として働いたこともあるそうです。

「ぼくは初めてスウェーデンのマスコミに、日本の朝鮮学校や在日朝鮮人の差別問題を紹介した人間です。ストックホルム大学で学生たちに話したこともあるのですが、他人事だと思っているのか関心は薄いです。もしかしたらぼくの話し方がまずかったからなのかもしれないので、柳さんがしっかり話してください」と、アダムは言いました。

学生たちは全員日本語を話せるので通訳は要らない、自由な雰囲気で話せるようにと、グニラ・リンドベリ・ワダ教授は席をはずすということでした。

わたしは、二十歳から二十八歳の十一人（男性八人・女性三人）の学生たちに、なぜ日本文学を学ぼうと思ったのかを訊ねました。

二〇一〇年に『ゴールドラッシュ』ドイツ語版を出版し、その翌年、ベルリン自由大学やトリア大学で朗読会とディスカッションを行った時もそうだったのですが、学生たちは日本文学に関心を持っているというよりは、小さい頃からアニメ『美少女戦士セーラームーン』や任天堂のゲームに親しみ、思春期に日本の漫画やビジュアル系バンドや秋葉原のオタク文化に影響を受けて、日本に関わる仕事に就きたいと思うようになったというのです。

わたしは、彼らが憧れを抱き大好きだと思っている日本に生まれ育ち、日本文学を愛し、日本語で小説を書くことを仕事にしている「在日韓国人」として、「在日」に対する日本人の内に巣食う侮蔑や憎悪の感情と、差別の問題について語りました。

当然のことですが、彼らは、ほとんど何も知りませんでした。わたしが話している最中、驚いたように眉を顰《しか》めたり唇を歪めたり、手を強く握り合わせたり、隣の学生と顔を見合せたりしました。

対話の相手が、何人《なにじん》だろうと、何歳だろうと、男だろうと女だろうと、どんな思想を持っていようと、わたしは自分の姿勢を変えようとは思いません。

対話とは何か。

対話によって相手に同調する（相手を同調させる）ことを目指すのだと誤解されがちですが、双方の間の断絶（隔たり）を直視しながら、言葉のやりとりによってその断絶（隔たり）を踏み越えるための共通平面を探り合う――、それが対話なのではないかと、わたしは思うのです。

もちろん、自己の思想なり立場から一歩も出ないというような頑《かたく》なな態度を取り続ける限り、対話は成立しません。それは、ただの対立であって、対立からは相手に対する理解は生まれず、侮蔑や憎悪を徒《いたずら》に増幅させるだけです。

自己から出発して他者に向かう――、その方向を持ち続けることを基本姿勢としない限り、対話は成立しません。

昨今の朝鮮半島情勢に関する日本のマスコミ報道で最も欠けているのは、その姿勢だと思うのです。

わたしはストックホルム大学での約二時間のディスカッションを終えて、学生一人一人に名刺を渡しました。

日本に戻って二日後、一人の男子学生からメールが届きました。マティアスからのメールには、両親共にスウェーデン人でありながらオーストラリアで生まれ育ち、オーストラリアの学校ではイジメに遭い、単身、祖国であるスウェーデンに渡って大学生活を送っているものの、本国のスウェーデン人とは違うという居場所の無さを感じている、と書いてありました。

ダンス博物館は白黒の市松《いちまつ》模様の床で、そのまま舞踏会が出来そうなクラシックなホールでしたが、わたしは「日本と朝鮮半島の間に在ることの意味と、東日本大震災以降の文学者としての立脚点」というシビアな話をしました。

講演終了後、ホールは立食パーティーの会場となり、集まってくださった方々とワインを片手に話をしました。

ユダヤ系スウェーデン人男性と結婚をし、二人の子どもをスウェーデンで産み育てたという六十代の日本人女性の言葉が気になりました。

「この国では、外国人移住者でもスウェーデン人と同等の権利を与えられているし、福祉の待遇も変わりません。わたしは三十年間この国で暮らし、この国に骨を埋めるつもりでいますが、国籍は日本のままです。スウェーデンに帰化するつもりはありません」

わたしは日本に戻ってから、子どもと移民に対するスウェーデンの福祉政策について調べてみました。

スウェーデンでは、日本の小中学校に当たる基礎学校のみならず、その上の高校、大学、職業学校まで入学金も授業料も全て無料、医療は十八歳まで、歯の治療は二十歳まで無料です。

さらに、十六歳未満の子どもを育てている人には、子ども一人につき日本円にして約一万二六〇〇円の「児童手当て」が月々支給されます。支給が開始された一九三七年当時は低収入の家庭の子どものみが対象でしたが、「子どもはスウェーデン社会の財産だから、親の収入によって差別されるべきではない」という正論が通って、一九四八年から親の収入に関係なく全ての子どもに支給される現在の形になりました。

スウェーデンの人口は約九五〇万人で（日本の人口は一億三千万人でスウェーデンの十三倍です）総人口の二割近くが外国人です。

スウェーデンはこれまでも、世界中からの難民を積極的に受け入れてきましたが、シリアからの難民は既に二万人受け入れています。二〇一三年九月三日、国連難民高等弁務官事務所（ＵＮＨＣＲ）が、シリア国境を越えた難民が二百万人を超えたと発表しました。その日に、スウェーデン政府は入国を希望するシリア難民全員を受け入れると宣言しました。一時的な滞在許可だけではなく、申請すれば永住権も得られ、家族を呼び寄せることも可能になるという、ヨーロッパの他の国では前例のない驚くべき政策を発表したのです。移民難民政策担当省のフレドリック・ベングトソン氏は、「今、スウェーデン内で社会の成員全員が連帯し、責任を取る必要がある」と話しています。

政府は、アラビア語による広報ビデオの中で、住宅から語学学習、職業訓練まで、全て無料で提供することを約束しています。

重要なのは、同化政策ではなく統合政策であるという点です。移民とその子どもが母国文化と母国語を保持すること、移民の子どもに対して無料で母国語教育を行うことの重要性が認識され、実行されています。

もちろん、全てのスウェーデン人が利他的精神に満ちているわけではありません。二〇一〇年九月に行われた総選挙では、「反移民」政策を掲げる右翼政党「スウェーデン民主党」が三四九議席中二十議席を獲得しました。

巷《ちまた》では、二〇一四年の総選挙では六十議席ほどに大躍進するのではないかと囁かれています。

しかし、大多数のスウェーデン人が、貧しく、傷つき、困っている他国人を助ける「責任」があるのだという「連帯」意識を強く持っているのは事実です。他者の苦痛に共感する「共苦」の感受性が豊かな人こそ善き人である、という認識を社会全体で共有しているのです。

スウェーデン定住を希望するシリアからの難民が十万、百万の規模になったら、スウェーデンという国家の「理想」は挫折するかもしれません。その挫折の背後には、移民に対する敵視が控え、彼らの背中を強く押すのではないかと危惧しています。けれど、挫折の傍らに「誇り」と「善きもの」が残れば、新たな福祉国家としての道を（苦闘しながらも）模索出来るのではないかと思うのです。

日本は「移民」を認めていませんが、二〇一〇年から五年間、タイのメーラ・キャンプ、ヌポ・キャンプ及びウンピアム・キャンプに滞在するミャンマー難民に限定して、毎年三十人の受け入れをパイロットケースとして行うことを決め、同年九月末に第一陣の二十七人が日本に到着しました。

二〇一五年、パイロットケース実施の五年が過ぎた時、日本に受け入れられた約一五〇人の難民がどこでどのように暮らし、日本政府がどのような難民（移民）政策を発表するのか――。
わたしは日本とスウェーデンの移民政策の行方を注視しています。

外国人労働者

千葉県木更津市の新庁舎建設が、建材価格や人件費の高騰《こうとう》で入札中止となり、高騰が収まるとみられる二〇二〇年開催の東京オリンピック後まで建設延期になった、という記事を読みました。

耐震性が低い木更津市庁舎は大規模地震で倒壊する危険があるため、新庁舎建設を待たずに解体し、プレハブの仮庁舎で業務を行うのだといいます。

建材価格や人件費の高騰の問題は、木更津市庁舎の事例だけに留まりません。

東日本の各市町村は「子育て世代支援」対策の充実を掲げ、保育園の増設を計画していますが、入札はおしなべて不調だそうです。

その波は確実に地震と津波と原発事故で壊滅的被害を受けた東北地方沿岸部にも押し寄

せ、復旧と復興の大きな妨げとなっています。

六年が過ぎた今も尚二十五万人（二〇一七年一月時点で十二万三千人）もの人が仮設住宅や借上げ住宅や親族・知人宅で不自由な避難生活を送っているというのに、災害復興公営住宅建築や高台移転の整備が、東京オリンピックによって遅延を余儀なくされているのです。

二〇一四年六月二十四日、安倍政権は「新成長戦略」の一つとして「外国人技能実習制度の見直し」を閣議決定しました。

実習期間最長三年を五年程度に延長するというもので、東京五輪の宿泊・体育施設の建設や、道路などの基盤整備を視野に入れたものであることは明白です。

しかし、この「外国人技能実習制度」は、本来の目的である国際貢献とはかけ離れたもので、外国人をいつでも使い捨てることが出来る安い労働力と見做した差別的な制度なのです。

同じ六月二十四日のＮＨＫ「ニュースウォッチ９」で、「外国人技能実習制度」に対する抗議集会の様子が報じられていました。中国人実習生らが手にしたプラカードには「奴隷労働」「不平等」「時給３００円」「強制帰国」「人身売買」などの文字が書かれていました。

給料は不定期で額も一定しない、年間十五日しか休みがない、毎日のように残業を強《し》いられるが残業代は支払われない、パスポートや在留カードを会社側が管理している、給料は会社預かりで自由に使えない、会社に不満を述べたら「嫌なら国に帰れ」と突然解雇された、など全国から中国人実習生の訴えが寄せられているといいます。

日本には現在約七十二万人の外国人労働者が滞在し、そのうち二割の約十五万人が「外国人技能実習生」です。中国人、ベトナム人、フィリピン人、インドネシア人、タイ人――、わたしは彼ら一人一人の労働環境や賃金などが気になって仕方ありません。

ＮＨＫは、この特集に「課題山積〝技能実習〟」という見出しを付けていましたが、これだけ外国人労働者に世話になり（主に３Ｋと呼ばれる、きつい、汚い、危険な労働に従事させ）ながら、日本人にアンケートを取ると「外国人が増えると治安が悪くなる」「日本人の雇用が相対的に減ってしまう」などという意見が大半で、感謝や申し訳なさを表明する人は数少ないのです。

二〇一四年六月二十日、アメリカ政府は世界各国の人身売買の実態をまとめた報告書を発表しました。

日本国内ではほとんど報じられていませんが、実はこの報告書は八年連続で、日本における「外国人技能実習制度」を問題にし、パスポートを取り上げたり、高額な保証金を徴収するなどの悪質なやり口で、事実上「強制労働」になっているケースが後を絶たないと批判しています。

国連も、二〇一一年の人権に関する報告書の中で、「日本の外国人技能実習制度は途上国への技術支援を目的に掲げながら、実際は奴隷制度のような状態になっている」と日本政府に制度の改善を求めています。

日本は、一九三九年から一九四五年までの間に約一五〇万人に上る朝鮮人を「募集」「官斡旋」「徴用・徴兵」の名目で連行し、金属鉱山、石炭山、土木、港湾、軍需工場などでの労働に強制的に従事させました。

当時の日本人の総人口（約七千万人）を考えると、日本がどれだけ外国人（植民地支配していた朝鮮人）の労働力に依存していたかがわかると思います。

日本は、労働力という切実な欠如を外国人労働者によって埋め合わせて、経済的な豊かさを築いてきました。その社会構造が変革されないとしたら、日本人一人一人の意識構造を変革するしかないのですが、一人一人の生活はその社会構造の中に属しているので、変革を求めるのは難しいのかもしれない、と絶望的な気持ちになります。

でも、これだけは、言いたい。

外国人労働者は単なる労働力ではありません。

彼らを必要とするならば、名前を持ち、家族を持ち、誇りを持った一人の人間として迎えるべきです。

義務と権利

息子は新聞を読むことを日課にしています。

学校が休みの土日や祝日などは、並んで同じ紙面を読むこともあります。記事を読みながら、互いの感想や意見を求めたり、話し合ったりするのです。

夏休み初日のことでした。

わたしたちは朝刊を読んでいました。

ページをめくった息子は、「あ……」と小さな声を上げました。

「永住外国人は対象外」という見出しの記事でした。

わたしたちは顔を寄せ合い、黙って記事を読みました。

二〇〇八年、日本に永住資格を持つ中国籍の女性が、大分市に生活保護申請をしたところ却下されました。

一審の大分地裁は、申請を認めるよう求めた女性側の請求を退けましたが、二審の福岡高裁は「外国人も生活保護法の準用による保護の対象になる」として女性側の逆転勝訴を言い渡しました。

しかし、二〇一四年七月十八日、最高裁は「国民とは日本国民を意味し、外国人は含まれない」「保護を外国人に拡大するような法改正は行われていない」とし二審の判決を取り消し、外国人は保護の対象にならないという初めての判断を下したのです。

「これ、どういうこと？」息子は眉を顰《しか》めました。

「これは大変な判決だよ。生活保護を申請するのが日本人だって、役所は犯罪的とも言える非道《ひど》い対応をしてるんだから、この最高裁判決を楯に取って、在日外国人に対しては門前払い同様の扱いをするようになってしまうんじゃないかな？」

わたしは息子に、生活保護関連の記事を集めてあるファイルを見せました。

五歳から十一歳の子どもと四人暮らしで、光熱費や家賃を滞納し、所持金もほとんどなかった女性（三十三歳）が、京都府舞鶴市に生活保護申請をしようとしたところ、担当職員が「やみくもに申請されても却下しか出来ません」と申請書の交付を拒否し、「不正受給になれば詐欺で捕まります」と脅しめいた言葉を口にした。

千葉県の三十代女性が病気の悪化で仕事を辞めた。次の仕事が見つからないまま貯金が尽き、自治体の福祉事務所に駆け込んだ。職員は「若いから仕事はある。頑張って」と言うだけで、申請手続きをしてくれなかった。

名古屋市の元タクシー運転手の男性（四十八歳）が地元の区役所に生活保護申請に行くと、「ホームレスになって他の区役所に行くか、両親のところに行って」と職員に告げられた。

元派遣社員の男性（三十八歳）は、埼玉県と東京都内の窓口計三ヶ所で、「住民票がないとダメ」と生活保護申請を断られた。住民票の転入届を提出していなくても、現在居住している自治体には保護申請に対応する義務がある。

再読しているうちに、怒りで気分が悪くなってきました。

「これは、うちらが住んでる鎌倉市の話だよ。鎌倉市役所が〈生活保護〉と書かれた窓口の前に二年以上も衝立《ついたて》と棚を置いてたんだってさ。市役所の担当職員は、申請に来てほしくなかったとの意図はない、他に荷物の置き場所がなかっただけだと言い訳してるけど、そんなバカな話はないでしょ！　自分の金を貸すんじゃあるまいに！　生活に困窮してる個人や家族が餓死したり自殺したり一家心中したりしないための最後のセーフティネットが生活保護なんだよ。根にあるのは、貧しい人間に対する軽蔑だよね。能力が低い怠け者だから、食うに事欠くんだとバカにしてるんだよ」

息子が「ちょっと自転車で走って来る」と外に出たので、わたしは最高裁判決に対する反応をネット検索してみました。

「勝手に日本に寄生した外国人に支払うお金はない」「生活保護を受けないと暮らせない外国人は、自国に帰らせろ」「憲法に『国民は』と書いてある以上、当然の判決です。これを機に在日韓国・朝鮮人の税金のむしり取りをやめさせるべき」

案の定の反応ではありましたが、最高裁判決が彼らを増長させることは間違いありません。

わたしたち在日外国人は、日本で生まれ、育ち、働き、納税などの義務も日本国民と同じように負っています。なのに何故、同等の権利を主張すると、日本国民ではない、と排除されるのでしょうか？

貧困が貧困以上の妨げとなって、その人の人生に立ち塞がるのは、貧困を軽蔑し、貧しい人の意欲や誇りを挫《くじ》く社会構造があるからです。

言葉の本質

京都で、宗教学者の山折哲雄《やまおりてつお》さん（八十三歳）と対談をしました。東アジアにおける民族的対立、中東における宗教的対立をどう乗り越えるのか、というテーマでした。

わたしは、山折さんとわたしの共通の知人である、薩摩焼十四代の沈壽官《ちんじゆかん》さんのことから話し始めました。

二〇〇三年二月二十五日、盧武鉉《ノムヒョン》大統領の就任式と晩餐会に招待された翌日、青瓦台《チョンワデ》を表敬訪問すると、待合室に十四代沈壽官さんがいらっしゃったのです。

二階の接見室で大統領夫妻と握手をした後、当時七十六歳だった沈壽官さんは、「四百年もの間に祖国の言葉を忘れてしまったことをとても残念に思いますが、わたしと祖先の魂はいつも祖国と共にあります」と言いました。

沈壽官さんの祖先は、一五九七年に豊臣秀吉が朝鮮に出兵した際、薩摩・島津勢によって全羅北道南原城内《チョルラブクトナムウオン》で拉致され日本に連行された七十人の陶工のうちの一人です。彼らは故郷から引き剝がされた悲しみと望郷の念を胸に、朝鮮の名前を受け継ぎ、代々焼き物を作り、それが後に薩摩焼と呼ばれるようになったのです。

わたしは山折さんに、いつになったら昔となり、いつが今なのか、定規のような直線的観念では測れない時間もあるのではないか、と言いました。

子どもを殺された親が、十年経っても二十年経っても子ども部屋を当時のままの状態で残し、子どもの分の夕飯を用意するように、いつまで経っても今に留まる悲しみは存在します。かけがえのないものを失った時、時間は悲しみで塞き止められ、決して過去にはならないのです。

被害者の遺族に対して、加害者側が「不幸な過去に捕らわれるのはいい加減やめにしませんか？　過去のことは水に流して、未来志向で行きましょう」などと提案することが、いかに無神経で間違った態度であるか、ほとんどの日本人がすんなりと理解出来るのではないでしょうか？

しかし、それが日本軍「慰安婦」や強制連行や南京大虐殺の話になると、「学校を作り文盲《もんもう》の朝鮮人に教育を施してやったり、朝鮮全土に鉄道を作ったり、良いこともたくさんしてやった」「欧米諸国は何百年にも亘ってアジアやアフリカの国々を侵略し搾取してきたのに、謝罪していない。何故何十年かしか侵略していない日本が謝罪し続けなくてはならないのか？」「韓国人は、ベトナム戦争でベトナム人を殺し、ベトナム人女性を強姦した」「一部の日本軍人は非道いことをしたのかもしれないが、わたしの祖父はやっていない。わたしには無関係だ。何故謝らなければならないのか？」と、口々に責任逃れを始めるばかりか、被害国である韓国や朝鮮や中国を「嘘つき」「ゆすり」と罵《ののし》り出すのです。

わたしは、もはや、日本からの謝罪にはあまり意味がない、と考えています。

政治的思惑や国際社会からの圧力で、首相が謝罪とも取れる言葉を公式に口にしても、非公式の場ではそれを覆す発言をしたり、首相の側近である大臣が失言を繰り返したりし、謝罪自体を信用することが出来ないからです。

両国の歴史学者が、民族や国家を背負わず、あくまで学問として、全ての歴史的資料を出し合い、精査し研究し議論し、在るはずなのに無いとされている資料に関しては共同で発掘し、歴史的事実を一つ一つ確認して両国の国民に伝えていく――、加害者と被害者が生きているうちにその作業をやらなければならないと思うのですが、現状では、両国の国民感情がそれを許さないでしょう。

「対立が際立っている今こそ、対話が必要なんです。相手の立場に完全に立つことは不可能ですが、自分の立場や思想から一歩を踏み出して、相手に向かう。その方向性だけは持ち続け、共通平面となる言葉を探る。隔たりを一歩でも二歩でも縮めるための飛び石のような足場でもいいと思います」と、わたしは言いました。

「しかし、言葉が全く通じない局面もあるでしょう。そうなった場合、どうしますか？」と、山折さんに訊ねられました。

「対立している問題には触れずに、別の話をして相手との隔たりを縮める努力をします」と、わたしは答えました。

「やはり、言葉ですか」と、山折さんは言いました。

言葉で理解出来ることには限界があります。言葉によって答えを導き出せることは稀《まれ》で、大抵はさらなる疑問が立ち現れます。しかし、言葉以外の何かで対立する相手との隔たりを埋めることが出来るのか――。

わたしたちは雨音に耳を澄ましました。

松葉の一本一本が先端に待ち針の頭のような丸い雫《しずく》を蓄え、きらきら光っていました。軒先から雫がしたたり落ちるのが見えました。池の表を跳ねて近づいて来る雨脚が見えました。

雨ならば、言葉以前の五感で感じ取ることが出来るのに――。

人間は、どんなに頼りなく、疑わしいとしても、言葉を使って人と人の間に築かれてい

京都にて
宗教学者の山折哲雄さんと

る障壁に穴を穿《うが》つしかありません。それが、人間が言葉を発した理由であり、言葉の本質だと、わたしは思います。

差別の根

京都のとある寿司屋で昼食をとっていた時のことです。

観光客相手の店ではなく、地元の常連客が通うカウンターだけの小さな店でした。壁に貼ってある手書きのメニューは、握りと散らしと鯖《さば》・鱧《はも》・鰺《あじ》の押鮨と赤出しのみで、値段は書いてありませんでした。

赤出しは、味噌の風味を損なわないために注文を受けてから味噌を溶き、握りのシャリは、鰹《かつお》と昆布出しで炊いてから酢飯にしているという拘《こだわ》りでした。

日本茶の茶葉も淹《い》れ方も素晴らしく、最初のうちは、その店に連れて来てくれた食通の友人に感謝しつつ、「おいしいおいしい」と言いながら食べていたのです。

しかし、途中から味がわからなくなりました。

奥で鮨を握る主人は口数が少なく、女将《おかみ》は手も動かすけれど口も動かすという人でした。昼食時に次々と店に入って来る近所の人たちは、寿司の味に舌鼓《したつづみ》を打ちながら、女将の話に「そやなぁ」「せやなぁ」と楽しそうに相槌を打っていたのですが、その女将の話というのが差別と悪口にまみれているのです。

ちょうど、西日本を中心に一九七六年の統計開始以来最大となる降水量が観測され、広島市の安佐北区・安佐南区では同時多発的に大規模な土石流が発生した直後で、連日七十四名の行方不明者の捜索の様子が報道されていました。

女将は、炭火で炙《あぶ》った海苔《のり》を散らし鮨の丼の上で握り潰し、近所の呉服屋の旦那だという六十搦《がら》みの男の前に丼を置いて、言い放ちました。

「あんな田舎に住んではるから水浸しになるんやわ」

わたしは耳を疑い、箸を止めました。

食べ切れなかったらテイクアウトにしてくれるという鱧の押鮨を食べていると、「今の季節は鰺がおいしいよ。脂が乗ってて」と女将に勧められて、友人は「じゃあ」と、鰺の押鮨を注文しました。

話の脈絡は憶えていません。

「台湾の人は日本が好きやから観光で来てもろてええけど、中国人や韓国人は日本が嫌いや言わはるんやから、来やへんかったらよろしいのにな。おつけもんパクパクつまみ食いしてて嫌やわあ」

わたしの両隣に座っていた友人夫妻が体を硬くしました。

前日に対談でお会いしていた山折哲雄さんに、「柳さんは、日本に居て韓国人だと意識するのは、どんな時ですか?」と訊ねられ、「疎外されたり差別されたりする時ですね」とわたしが答えたのを、同席していた友人夫妻は聞いていたからです。

女将の話は止まりませんでした。

「あのタレント、京都出身や言わはるからどこやと思うたら宇治や言わはって、あんなとこ京都でも何でもおまへん。あんなとこ大阪やわ。道理で品のない顔してる思うたわ。京都では出身大学なんて聞きやしまへん。小学校を聞いたら生まれがどこかわかりますやろ。生まれが卑しいお人は、どんなに上品ぶっても五十過ぎたら顔全体から生まれの卑しさが滲み出てきはるんです」

と、女将は艶やかな笑みを浮かべて、鰺の押鮨をのせた皿をわたしたちの前に置きました。

おいしい食べものを摂取しながら不快さを募らせ、自分の中に沈殿している悲しみを憤りで掻き混ぜないようにするのは辛いものです。

仕事柄、わたしは全国各地を旅することが多いのですが、ここ何年かで、電車やバスやタクシーでの移動中に差別発言を耳にすることが増えました。

差別や差別意識は、どの国の人の中にも潜伏しているものだと思います。

しかし、それは克服して解消すべきもので、不特定多数の人がいる公の場で言葉として噴出させるのは恥ずべきことだという共通認識があったはずです。

その共同体の価値基準に必死に馴染もうとして努力を続けてきた「流入者」たちを、生涯付いて回る出自によって排除し差別し続ける社会で、急速な少子高齢化による労働力不足をどのように乗り切るというのでしょうか？

それぞれ異なる出自・性格・能力を持つ人間だからこそ、同じ共同体の中において、それぞれ異なる役割を担うことが出来るのです。

共同体にとっては他者である「流入者」を様々な労働の担い手として募集するならば、彼らのアイデンティティを尊重すべきです。

戦争を人間の外に置いてはいけない

二〇一四年十二月五日にソウルのアート・ソンジェ・センターで、韓国の文化芸術各分野（文学・建築・美術・映画・文化研究）の専門家（哲学者・研究者・批評家・作家）によるＤＭＺ（非武装地帯）をテーマにしたシンポジウムが開催されました。

そこでわたしは四十五分間の講演を行うことになったのです。

シンポジウムのテーマは、対立からどのように対話の糸口を引き出すか、緊張をどのように緩和させるか、そのために出来ることは何か、ということなのですが、九月二十三日に朝鮮半島を巡る情勢の厳しさを思い知らされる報道がありました。

アメリカのオバマ政権が、対人地雷禁止条約（オタワ条約）が規定している対人地雷の使用、備蓄、生産、移転の禁止に従うと発表したのです。ただし朝鮮半島については、「朝鮮半島特有の状況と韓国防衛の義務」により例外地域とせざるを得ない、と――。

対人地雷の問題も深刻ですが、現在ＤＭＺの韓国側に配備されているキラーロボットの

北の板門閣から見た
三十八度線上にある
板門店の
軍事停戦委員会本会議場

存在を知っている人は、案外少ないのではないでしょうか？

キラーロボットには、攻撃対象となる人間（朝鮮人民軍兵士）を自動的に特定し銃撃する機能があり、二〇一〇年七月以降に設置された「遠隔操作ターレット SGR A1」は四キロ（夜間二キロ）以内の動く物体を全て自動探知するそうです。人間（韓国軍兵士・米軍兵士）が遠隔操作で射殺決定を行う仕組みになっていますが、人間の意思を介在させることなく標的を選定し攻撃する能力を持つ自己完結型の殺人ロボット兵器（歩哨《ほしょう》ロボット）も既にＤＭＺに試験配備されています。

ロボットは、殺害する前に逡巡《しゅんじゅん》することはないし、殺害した後に罪の意識に囚われることもありません。

戦争は、そもそも非人道的なものなのだから、戦争の正邪を人間性や道徳的意識の有無で問うことは間違っている、敵に大きな打撃を与え、味方の被害を最小限に食い止めれば、それは勝利なのだ、という人もいるでしょう。

しかし――、もし、戦争がロボットによる先制攻撃で引き起こされるような事態に陥ったら、国家間の武力の均衡や、覇権国家の強大な武力の庇護によってもたらされている「平和な日常」における人間性や道徳的意識の破壊は避けることが出来ません。

人殺しをロボットに任せ、人殺しの責任をロボットに負わせるようなことは、あってはならないのです。

戦争を人間の外に置いてはいけない。

戦争を人間の内なる問題として、一人一人が当事者責任を持つことから始めないといけない。戦争に由来し、戦争に基づく「偽の平和」から脱却し、対立の最中にあっても対話を試み、緊張を緩和する努力をすべきだと、わたしは思います。

限界の線

李浩哲《イホチヨル》さんと初めてお逢いしたのは、二〇一二年九月九日、韓国慶尚北道慶州《キヨンサンブクトキヨンジユ》でした。「国際ペン大会」の開会式の招待席で、わたしの右隣に座っていたのが李浩哲さんだったのです。

「柳美里？　話したかった。隣にしてもらうために、ちょっと頑張ったよ」と李さんは微笑み、「パンガッスンミダ（お逢い出来てうれしいです）」と初対面の握手を交わしました。

李浩哲さんは、一九三二年に咸鏡南道元山《ハムギヨンナムドウオンサン》（現在は朝鮮民主主義人民共和国）で生まれ、十八歳で人民軍に入り、一年後に連合軍に捕らえられて南に強制連行され、元山の家族と生き別れになった、という過去を持つ小説家です。

翌朝、朴正熙《パクチョンヒ》大統領がつくったという人造湖の周りを二人で散歩しました。

李さんは腰のベルトに万歩計を付けていて、毎朝五千歩を目安に歩いているということでした。

遊歩道では、柳の木が湖面に長い枝を垂らし、礼服のような黒白の羽のカチ（カササギ、朝鮮ガラス）が、カシャカシャッ、カシャカシャッと尾羽を上下させていました。

二十度を下回るほど涼しかったのですが、時折ギィイイイイ、ギィイイイイと鎌倉では聞かない蟬の声が響いていました。

二〇一〇年の八月、平壌を訪ねた時に大同江《テドンガン》の遊歩道や牡丹峰《モランボン》で鳴いていたコウライエゾゼミと同じ鳴き声でした。

柳とカチとコウライエゾゼミ――、わたしが当時十歳だった息子と平壌で夏休みを過ごした話をすると、李さんは驚きと喜びが綯《な》い交《ま》ぜになったような顔をして歩を緩め、二〇〇〇年に金大中《キムデジュン》政権下で進んだ（朝鮮半島で一千万人いると言われている）離散家族再会事業で平壌を訪れ、九歳の時に生き別れた妹と五十年ぶりに再会した、という話をしました。

「妹が顔を憶えていて、名乗る前にわたしを見つけて、泣き出した。あれから十年、また逢えなくなってしまった。今の政治では無理だ」と、しばらく黙って歩いて、再び口を開きました。

「時間の、瞬間の、先端を、生きた。つまりそれは、右を選んだら死ぬ、左を選んだら生きる、という生死の選択を常にしなければならない状況にあったということだ。人生は八字《パルチャ》(運命)だ。自分が今こうして生きているのは、毎日、郷里の元山で母が無事を祈ってくれていたからだ」

朝鮮戦争当時の話を始めると、八十歳の李浩哲さんの歩みは、普段わたしが歩いているぐらいの速度になり、「一度、米軍の空爆に遭ったんだよ、あれはほんとうに怖かった……怖かったよ」と、逃げるような足取りになりました。

「今は戦時下で」「今は食糧難で」と、朝鮮戦争の話を「今」と語ることが、印象的でした。確かに、今も朝鮮半島に軍事境界線はあるのだし、今も李浩哲さんと妹さんは南北に分断されたままだし、朝鮮戦争は過去の話ではない——、とわたしは柳の木から飛び立って湖を渡って行った二羽のカチを目で追いました。

一時間半歩いて、ホテルが見えてきたところで、わたしは訊ねました。

「朝鮮半島は、いつになったら統一されるんでしょうか?」

「権力者が無理に統一しようとすれば、必ず衝突する。抵抗がある。最初に望んでいた統一は、もう訪れないかもしれない。南の人と北の人が、同じテーブルにつき、一緒に食事をする。その回数が増えたら統一したと考えるべきなんじゃないかね」

李浩哲さんはわたしの腕を杖のようにつかんで、息を切らしながら坂道を上がりました。

「南に連行される前、一週間くらいで帰れるだろうと、ブレヒトの『三文オペラ』をポケットに捩《ね》じ込んだ……一週間で帰れると思って……十九歳だった……それから六十二年……八十歳になってしまった」

わたしたちは腕を取り合って坂を上り切り、見えない「今」という時に向かって目を開きました。

わたしと李浩哲さんが、この世に生を享《う》けて通ってきた道――、曲がりくねり岐《わか》れていた道が交錯した「今」という時に、わたしは目を凝らしました。

李浩哲さんに再会したのは、二〇一四年十二月のことでした。

DMZ（非武装地帯）シンポジウムのコーディネーターである美術評論家の金貞卜《キムジョンボク》さん（わたしと同じ歳）に、「韓国滞在中に会いたい人はいますか？」と問われ、李浩哲さんと、ハンギョレ新聞の崔在鳳《チェジェボン》さんと、ソウルで舞踏をやっている在日同胞の李美喜《イミヒ》さんのお名前をメールで伝えていたのです。

韓国はちょうど寒波に見舞われている最中で、日中でも氷点下、朝晩はさらに厳しい冷え込みで、皮膚に霜が降りそうなほど寒かった。

十二月四日の朝八時半にホテルのロビーに金貞卜さんに迎えに来てもらい、李浩哲さんとの待ち合わせ場所に急ぎました。

道の向こうに姿を見つけて手を振ると、李浩哲さんは遠くからでもそれとわかるほどの笑顔になり、わたしたちは互いに歩み寄って手を握り合い、千切れるほど強く振りました。

肩を寄せ合って横断歩道を渡りながら、李浩哲さんは言いました。

「今は世論が非常に騒がしい。明日のシンポジウムの発言には気を付けた方がいい。言っている意味、解るね？」

李浩哲さんは、一九七一年に当時の軍事独裁政権に反対する「民主守護国民協議会」結成に参加しました。七二年に日本で開催された「国際ペン大会」に韓国代表として出席した際、「在日」の文芸誌『漢陽《ハニャン》』のメンバーと接触したかどにより、帰国後「反共法」違反に問われて獄中生活を送り、その後も国家保安法違反で拘束起訴され、何度も投獄されています。

李浩哲さんの言葉は、重い。

常に歴史や政治という大きな力によって試みられ、その試みに自分の全てで対応した作家の言葉だからです。

今、韓国には、日本で暮らしているわたしには解らない「きな臭さ」が漂っているのだろう、と思いました。


わたしたち三人は、ソウル駅からDMZトレインに乗りました。

二〇一四年八月一日に開通したばかりのDMZトレインは、ソウル駅と江原道《カンウォンド》鉄原《チョルウォン》郡にある白馬《ペンマ》高地《ゴジ》駅を結ぶ路線です。

DMZトレインは、「安保（安全保障）学習」の中学三年生たちでいっぱいでした。

中学生たちは、スナック菓子を食べながら立ち歩いたり、オンラインゲームをしたり、スマートフォンで自撮りをしたりしているうちに羽目を外し、男子は腕立て伏せの回数を競い合い、女子もスマートフォンから音楽を流して通路で踊ったりするようになりました。

わたしは隣に座っている李浩哲さんと顔を近づけて話していたのですが、声を張り上げても聞き取れないほど車内が喧《やかま》しくなりました。

しかし、引率の教師たちは全く意に介さず、通路を行き来してふざけ笑う生徒たちをカメラに収めていました。

DMZ(非武装地帯)トレイン

堪《たま》りかねた李浩哲さんが「시끄러《シクロ》！（うるさい）」と一喝すると、客室乗務員の二十代の女性が「학생들이《ハクセンドウリ》　시끄러워서《シックロウオソ》　죄송합니다《チエソンハムニダ》（学生がうるさくてすみません）」と謝りに来ました。

「白馬高地が観光地になるなんて……」

と、李浩哲さんは窓の外に目を投げ、

「この辺りまでは来たことがある。北で暮らしていた時に……」と言いました。

終点の白馬高地駅で、学生たちは観光バスに、わたしたちは乗用車に乗り込み、ようやく落ち着いて話が出来るようになりました。

白馬高地がある鉄原《チヨルウオン》は、十世紀初めに後高句麗《フコグリヨ》王の弓裔《クンイエ》によって首都と定められ、朝鮮王朝時代以降は都護府が置かれ、江原道北部地域の行政の要《かなめ》として栄えた地域です。日本の植民地時代には、京城地方法院鉄原支庁、鉄原中学や鉄原高女、鐘紡《カネボウ》の工場などがありました。鉄原駅は満州国への国際急行が停車し、金剛山電気鉄道の始発駅でもある京元本線（京城と元山との間を結ぶ朝鮮半島横断鉄道）の一大ターミナルでした。金剛山への登山客がピークに達する夏季には、京城発の京元線夜行急行列車に寝台車が連結され、鉄原で金剛山電鉄の車両に付け替えられ、朝には金剛山に到着していたそうです。

朝鮮戦争末期、鉄原・金化《キムフア》・平康《ピヨンガン》を結ぶ「鉄の三角地帯」と呼ばれた鉄原盆地では、標

DMZ（非武装地帯）トレインで
韓国の小説家・李浩哲さんと

高千メートルを超える山々の稜線《りょうせん》を巡る攻防で休戦ラインが日々揺れ動きました。

休戦会談妥結直前まで山の斜面を登り降りしながら殺し合うという接近戦が苛烈を極め、この地における犠牲者数は、アメリカ・韓国軍が三一四六人、中国・人民軍が一万四三八九人にも上りました。

わたしたちが最初に行ったのは、白馬高地にある戦没兵士の慰霊塔でした。

白馬の名の由来は、米軍飛行士が靄《もや》のかかった山が白馬のように見えたからというもので、朝鮮民主主義人民共和国での呼び名は違うはずだと思いましたが、人民軍兵士として朝鮮戦争を戦った李浩哲さんに訊ねることは憚《はばか》られました。

寒かった。寒さで声を出すことが出来なかった。毛糸のマフラーと手袋では歯が立たないほどの寒さでした。ガイドの女性によると、マイナス十五度ぐらいだろう、ということでした。

わたしは、ネットで冷凍庫作業用のフード付ジャンパーとグローブを買って持って来るべきだったと後悔しました。

日が落ちたらどれだけ冷え込むのだろう――、と一週間で十回以上も奪われたり奪い返したりの爆撃を伴う争奪戦を繰り広げ、三メートルほど低くなったと伝えられている白馬高地の尾根を眺めました。

李浩哲さんは真っ白な息を吐きながら言いました。

「ここで、たくさん死んだ。わたしは死ななかった。わたしは一人も殺さなかった。一発も撃たないうちに捕まった。アメリカのB－29の爆撃に遭ったことはある。地面に伏せて、顔を上げた。爆音で耳が聞こえなくなった。生きていることが信じられなかった。あれは一生で一番恐ろしい経験だった。あの時、わたしが死ななかったのは、元山でお母さんがわたしの無事を祈ってくれたからだ。お母さんは毎朝祈る人だった。何に祈っていたかは知らん。キリスト教の神様か仏教の神様かはわからない。お母さんは、いつも息子の無事を祈っていた」

李浩哲さんは黙って戦没者の名前が刻まれた石碑の前に立ちました。

まるで、親しい友の亡骸《なきがら》を前にしたような姿でした。

戦死者の名前は、彼ら一人一人が戦争の前は生きていたということと、現在は生きていない、ということを示しています。彼らの名前は、過去にではなく、現在に刻まれているのだ、と意識することが、彼らを無から救い出すことになるのではないかと、わたしはかつて彼らの敵だった老作家の隣で思いました。

わたしたちを乗せた車は、韓国軍兵士の立つ検問所と、「지뢰《チレ》（地雷）」と書かれた赤い

注意看板がかかった鉄条網の間を縫うようにして上っていきました。

第二トンネルに到着しました。

「わたしは車の中で待っているよ」と李浩哲さんはフロントガラスに目を定めたまま言いました。

わたしは、DMZトレインの中で、李浩哲さんが「白馬高地が観光地になるなんて……」と嘆息を洩らしたことを思い出しました。

朝鮮戦争以前は約二万人が暮らしていた鉄原は、血で血を洗う戦争によって町ごと消滅しました。当時は焼け野原だったのでしょうが、現在は田畑ばかりで何もない見通しの良い平地です。

鉄原には越冬をするためにモンゴルやシベリアから丹頂鶴《たんちょうづる》や真鶴《まなづる》が飛来します。

車の中から、わたしは白く大きな翼を広げる丹頂鶴たちと、監視小屋の前に立っている韓国兵の姿を見ました。

韓国には兵役があるため、DMZトレインの中で大騒ぎをしていた中学三年生の男子生徒たちは、あと数年したら軍隊に入らなければならないのです。

かつての鉄原の駅前通りには、二〇〇二年に戦争遺構として登録文化財に指定された朝鮮労働党鉄原郡の党舎がありました。

鉄原平和展望台
ＤＭＺを背にして――

運転をしていたガイドの地元女性が車を降りたので、わたしと金貞卜さんは車を降りましたが、李浩哲さんは黙ってシートに座っていました。

わたしは党舎正面の階段を上り、爆撃によって焼け焦げ、無数の弾痕が残る建物の壁を見上げました。

「一枚、写真を撮りましょうか？」と金貞卜さんに言われて、わたしは黙ってポケットからカメラを取り出して渡しましたが、体全体が強張りました。

同じ時、同じ場所に居るのに、李浩哲さんの時間は朝鮮戦争の時間と連続していて、わたしの時間は――、その決定的な差異がカメラで撮られることによって釘付けにされるような気がしたのです。

最後に行ったのは、月井里駅《ウォルジョンニ》でした。

月井里駅は、朝鮮戦争によって破壊されて廃駅となりました。現在の駅舎は、一九八八年に本来の場所から移動して復元されたもので、駅としての機能はありませんが、非武装地帯の南方限界線にあり、韓国最北端の駅ということになっています。

李浩哲さんは車を降りて、先頭に立って駅舎の中に入って行きました。まるでこれから乗る電車に遅れまいとするような早足でした。

改札口からホームに出ると、線路は途切れていました。

「鐵馬는《チョルマヌン》　달리고《タルリゴ》　싶다《シプタ》！（鉄馬は走りたい）」と書かれた看板、爆撃を受けた列車の残骸――。

二〇〇〇年六月十五日に金大中《キムデジュン》大統領と金正日《キムジョンイル》総書記が共同宣言を行った後に、ソウルと平壌《ピョンヤン》を結ぶ京義《キョンイ》線を復活させようという気運が高まりましたが、李明博《イミョンバク》、朴槿恵《パククネ》、とセヌリ（旧ハンナラ）党政権が続いて、気運自体が下火どころか吹き消されてしまった感があります。

ＤＭＺを区切るコンクリートの壁を背景にして途切れた線路を撮ろうとカメラを構えると、警備をしていた韓国兵が近づいてきました。

「向こう側にカメラを向けてはいけません」と金貞卜さんに注意をされました。

わたしは、カメラのファインダーの向きを月井里駅の駅名標に移しました。

李浩哲さんも同じものを見ていました。

「원산《ウオンサン》１２３㎞」という駅名標の文字です。

「そんなに遠くない」と李浩哲さんは言いました。

「ちょうどここは、ソウルと元山の真ん中ぐらいだ。ソウルから二時間でここまで来たろ？　線路が繫がれば元山まで二時間で着く。近いな」

李浩哲さんは目を細めました。

「今日は元山の近くに来ることが出来て、うれしい」

マイナス十五度の寒風が吹き荒《すさ》ぶ中で、春風に体を包み込まれたように微笑んだ李浩哲さんと手を繋いで、わたしは月井里駅の階段を降りました。


十二月五日、わたしはＤＭＺのシンポジウムで講演を行いました。

前日に、李浩哲さんに何度も「明日のシンポジウムの発言には気を付けた方がいい」と釘を刺されました。

李浩哲さんは、わたしの『ピョンヤンの夏休み』を読んだ上で、「あれが限界の線だ。あれ以上、公の場で発言すると危険だ。言っている意味、解るね？」と忠告してくださいましたが、「限界の線」は、わたし自身の内に常に在ります。細心の注意を払って、その線に触れるか触れないかのギリギリのところで、書いたり話したりしているつもりです。

わたしは、朝鮮民主主義人民共和国も大韓民国も「祖国」だと考えています。

どちらの国の国民も「同胞」です。

どちらの国にも行きたいのです。

どちらかの国に行けなくなる、という事態は避けたいのです。

わたしは、日本語で講演の原稿を読み上げました。

原稿はあらかじめ主催者側に渡してあり、会場の観客のイヤホンには同時通訳が流れました。

質問タイムになると、心配して客席から見守ってくださった李浩哲さんが挙手してマイクを握り、柳美里の発言や『ピョンヤンの夏休み』に政治的な意図は全くない、ということを丁寧に説明してくださいました。

わたしの次の発言者は、ハーバード大学やコロンビア大学で設計の研究をし、現在はソウル大学校アジアセンターに籍を置くソ・イェリェさんでした。

ソ・イェリェさんは「パラレルアーバニズム・想像された境界と朝鮮半島の空間的体制」というタイトルで、パワーポイントを駆使した視覚に訴える発表を行いました。

質問タイムになると、客席に座っていた男性が手を挙げマイクを握りました。

その五十代半ばの男性は、韓国政府のシンクタンクである統一研究院の「北朝鮮人権研究センター」の所長だということでした。

怒声に近い大声だったので、わたしはイヤホンを付け直して、言葉の意味を追い掛けました。

ソ・イェリェさんの南北の比較は、時系列を無視したいい加減な論考であるという趣旨でしたが、パワーポイントで使用した地図が東海《トンヘ》ではなく日本海と表記されていた点も強く非難し、「歴史に対して無知だ」と断じました。

ソ・イェリェさんは、アメリカでの生活が長く、通常の発表は英語で行っている、韓国語での発表は不慣れだ、と蒼褪《あおざ》めた顔で釈明をしました。

「言っている意味、解るね」と、わたしの顔を覗き込んだ李浩哲さんの言葉を、わたしは客席で嚙み締めました。

DMZを語ることは非常に厳しい。

厳しいからといって、口を噤《つぐ》み、口を慎み続ければ、それはタブーとなってしまいます。否応《いやおう》なく歴史の流れに巻き込まれている自分の位置が、今どこに在るのかを常に意識し、公に言葉を発する前に、自分自身と膝を突き合わせ、言葉を厳密に選ばなければならない。抜け道の無い袋小路のような現実の中で、真摯《しんし》に「祖国統一」を希求し、その希求をただ一つの支えとするしかない。

フランス革命の時に、ロベスピエールは「わたしは何もしない。わたしはつまらぬ人間であり無力であるから、わたしは受動的である。しかし時の投影としての未来がわたしのなしえないことを実現してくれるだろう」と演説したそうです。

わたしもまた、今に期待出来なければ、次の瞬間、次の日、次の月、次の年に期待する。でもそれは、「未来を信じて、何もしない」という待機の姿勢を取るという意味ではない。

自分は何をすべきか、自分に何が出来るのかを考え、為すべきことを為す。現実を洞察し、現実の中で戦うということに他ならない。厳しい現実を遠巻きに眺めてニヒリズムに陥ることなく、現実と、望むべき未来の間に橋を掛け、その橋を渡りたい。

わたしたち朝鮮民族が、今どこにいるのか、どこへ向かっているのか、現在の地点と方向性を語るのは難しい。何故なら、間違った方向に突き進んでいる可能性もあるし、そもそも羅針盤すら失くしているかもしれないからです。

けれど、どこにいないのかということは明白です。

七十二年が経ってもなお到達し得ない場所こそが目指すべき方向であり、そこが現実からかけ離れた場所だとしても、わたしが思い描く地図には三十八度線がない朝鮮半島が在るのです。

わたしは、希望を持っています。

一つの音楽を響かせる

二〇〇八年二月二十六日に、朝鮮民主主義人民共和国の平壌《ピョンヤン》市内にある東平壌《トンピョンヤン》大劇場で、ニューヨーク・フィルハーモニック（NYフィル）がコンサートを開いた――、この歴史的な出来事は、その後の核やミサイルや拉致に関する膨大な「北朝鮮」報道に塗り潰され、今やごく一部の日本人にしか知られていません。

この公演を収録したDVD『NYフィル・イン・平壌』を是非、見てほしいのです。

一〇七分の本編は、朝鮮民主主義人民共和国の国歌「愛国歌」とアメリカ合衆国の国歌「星条旗」から始まり、ワーグナー「ローエングリン第三幕への前奏曲」、ドボルザーク「交響曲第九番　新世界より」、ガーシュウィン「パリのアメリカ人」、ビゼー「アルルの女　組曲第二番」、バーンスタイン「キャンディード　序曲」、管弦楽「アリラン」で終わります。

本編も感動的なのですが、ボーナストラックとして付いている、NYフィルのメンバーが平壌空港に降り立ち、平壌空港から飛び立つまでの二泊三日を撮影した五十三分のドキ

ュメンタリーが、とにかく素晴らしい。(ブルーレイ版のみ日本語字幕付)

NYフィルのメンバーが平壌音楽大学の学生に、ヴァイオリン、チェロ、コントラバス、フルート、トロンボーンのマンツーマンのレッスンを行うのですが、アメリカと朝鮮という全く異なる国で、共に音楽という道を選んだ二人が、一つの音楽(旋律)で繋がりを持つ、ということに胸打たれるのです。

コンサートマスターのグレン・ディクテロウ氏は、緊張した面持ちでヴァイオリンを胸に抱く女子学生に「モーツァルトの協奏曲第五番　第一楽章　アレグロ」を演奏するように言います。

彼女の演奏を聴いたディクテロウ氏は、「ブラヴォー!　素晴らしい!　大変素晴らしい演奏です。音程がとても良い。音も素晴らしいです」と彼女を褒め、指導に入ります。「時々レガートが切れてしまう感じがあります。フレーズが論理的に終わらないのです。三つ目の音に向かってフレーズを作る……花が開くように……最後に花の美しさが見える……最初はちょっと恥じらい気味に……そして開く……この三つの音は同格ではありません。もう一度!　三つ目の音に入る時美しく歌って!」

その言葉を受けて、彼女のヴァイオリンの旋律が花開く瞬間を耳にして、わたしは音楽という芸術に嫉妬したほどでした。

牡丹峰《モランボン》劇場で行われた、NYフィルの首席奏者四名、朝鮮の国立交響楽団側四名で行われた即興演奏会も、奇跡としか言いようのないシーンでした。

曲目は、メンデルスゾーンの「弦楽八重奏曲」でした。一八三年前にユダヤ系ドイツ人作曲家によって作られた一つの曲によって、人と人とを隔てる暗く深い国境が越えられたのです。

「わたしは何の気なしにステージへ行き、演奏し始めました。でも数小節弾き始めたら……驚きました。彼らはすぐに反応し、我々の演奏を即座に理解し、何故だかわかりませんが、我々の解釈を知っていたのです。一度も会ったことがないのに」

ヴァイオリンを演奏したディクテロウ氏の言葉です。

首席ヴィオラ奏者のシンシア・フェルプス氏は、信じられない、というような表情でこう語っています。

「室内楽はとても繊細です。隣の人のリズムや音を感じられるかどうかにかかっている。彼らは我々のフレージングやリズムの強さを感じ取り、一緒の音楽を創ろうと努めました。本当に素晴らしかった。音楽をするのに言葉は要りません。音楽そのものが一つの言語だからです。それを分かち合うのは、とてもスリリングでした」

どちらかがどちらかに奉仕や譲歩や遠慮をするのではなく、敵対する国家の国民である

©EPA＝時事

2008年2月26日
ニューヨーク・
フィルハーモニックの平壌公演

という立場を越えて、音楽家としての対等な立場で、一つの音楽で結ばれる――。

NYフィルの平壌公演のフィナーレに演奏されたのは、管弦楽「アリラン」でした。

フェルプス氏の言葉です。

「何人かが去り際に手を振りました。『あなたたちのために演奏出来て良かった』というように。すると、手を振り返す人が出てきた。舞台の上の我々も、それに応えて手を振りました。やがて聴衆全体が手を振り、わたしたちも全員そうしました。それは、人と人との交感で、お芝居ではありませんでした。繫がりの瞬間であり、心が通じた、何かが起こったと感じることが出来たのです」

NYフィルの音楽監督であり、平壌公演の指揮者であったロリン・マゼール氏は、国立交響楽団首席指揮者である金炳華《キムビョンファ》氏（神戸朝鮮中高級学校の第一期卒業生）に「朝鮮の交響楽団は世界的なレベルだ。世界音楽の財宝をもう一つ発見したような気持ちだ」「アメリカ政府が承認すれば国立交響楽団をアメリカに招聘《しょうへい》したい」と語りました。

しかし、残念ながら、アメリカでの朝鮮の国立交響楽団の公演は実現していません。

世界各地で、異なるものを排除し攻撃する痛ましい事件が起きている現在、わたしは、二〇一四年七月十三日に死去したマゼール氏の言葉を嚙み締めています。

「わたしたちに出来るのはトライすることです」

わたしたち人間は、国や歴史や言語や思想や宗教が異なっていたとしても、一つの音楽を響かせることが出来るのです。

未来は全て過去にある

二〇一五年の春、わたしの生活は激変しました。

神奈川県鎌倉市にある持ち家から、福島県南相馬市にある借家に居を移したのです。臨時災害放送局「南相馬ひばりエフエム」で「ふたりとひとり」という番組のパーソナリティを務め、五百人を超える地元の方々に出演をしていただきました。出演者の何人かとは、長い間会えなかった身内同士であるかのような親しみと懐かしさを覚え、その友情に招き寄せられて、子育てと執筆の場を南相馬に移すことになったのです。

現在の南相馬には、不動産屋ルートでは賃貸物件は皆無に近いです。原発の収束作業や除染作業や津波被害の復旧工事に従事する作業員のみならず、原発事故によって避難区域となった地域の住民の方々も転居先に南相馬を希望するからです。

幸運なことに、知人の建設会社の社長を介して、震災直後に道路の啓開作業に従事されていた方々が寝泊まりしていた築六十年の一軒家を月六万円の家賃で貸していただけることになりました。わたしたちが引っ越した後は取り壊す予定だということで、四匹の猫たちが壁や柱で爪研ぎをしても問題ないと言っていただきました。

南相馬の春は、日中は関東地方と変わらず二十度を超えるのに、日が暮れるとぐっと冷え込み、霜注意報の防災メールが送られてくるほど気温が下がるのです。波トタンの錆びた外壁から隙間風が吹き込み、わたしたちは石油ストーブをつけっぱなしにして眠りました。

転居して一ヶ月後に、猫が大量に吐血《とけつ》したので、動物病院に連れて行ったところ、環境の変化による急性胃炎だと診断されました。

一日のうちで二十度もある寒暖の差に体がついていけないのは人間も同じで、この一ヶ月の間に、わたしたち家族（夫と息子）も風邪にやられて二度寝込みました。

病状を説明して飲み会を欠席したところ、「一大事だから」と友人が葛根湯《かっこんとう》を持って訪ねて来てくれました。

大家さんが菓子パンを持って訪ねて来てくださいました。

五月五日には、二人の友人から柏餅をいただきました。

その他にも、コーヒーメーカー、炊飯器、こたつ、物干し、お米、こごみ、麻婆豆腐、混ぜふかし、いちご――。

大変ありがたいことなのですが、最初のうちは、いきなりガラッと玄関の戸が開き、「いる?」とか「美里さぁん!」と呼び掛けられることに慣れませんでした。

わたしは、東日本大震災以前は、人との関わりや結び付きを極力避け、隠遁《いんとん》のような生活を送っていたのです。そうやって現実の人間関係をシャットアウトしなければ、物語の登場人物と付き合うことが出来なかったのです。

東京の編集者や鎌倉の友人は、「執筆中につき面会謝絶」の札をぶら下げて玄関の鍵をしめておくしかないのでは、と心配してくれるのですが、南相馬の友人たちの善意と好意を無下《むげ》にするわけにはいきません。

郷《ごう》に入っては郷に従えで、どんな時にどんな訪問者があっても、取りあえず居間に上がっていただくと決めました。始終よそゆきを着るわけにはいかないので、寝間着の時は寝間着で、ジャージの時はジャージで応対していたら、歳上の女友だちから「美里さんに、四年前に死んだ母の服をあげる。今クリーニングに出してるからね」と同情の眼差しを向けられました。

プライバシーを何よりも重視する都会から、地縁が色濃い地域に転居して、人々の情け深さに接する度に、原発事故によって避難生活を余儀なくされている方々の痛苦が胸に迫ります。

彼らが失ったものは、金銭で賠償できるものだけではありません。

彼らが失ったものは、わたしがこの地に居住する根拠となった人との繋がりなのです。

もう一つ、わたしの支えになったのは、母方の祖父が南相馬でパチンコ屋を営んでいたという過去です。

南相馬に通い始めた頃は、そのことを知りませんでした。

「ふたりとひとり」で地元のお年寄りの話を聴くようになり、夜の森公園周辺に「朝鮮人部落」があったということを知ったのです。

そう言われてみると、原ノ町駅から夜の森公園へ向かう駅通りには焼肉屋や韓国家庭料理や韓国パブの看板が多いのです。

そして、母方のルーツを辿る『8月の果て』という長編小説を書いた際に作成した祖父の年譜に「原町」という文字があったことを思い出しました。

母に訊ねたところ、祖父は一九六〇年から七年ほど、駅通りから一本入った裏道でパチンコ屋を営み、母も手伝っていたというのです。

わたしが生まれる一年前まで、母たち家族のパチンコ屋は南相馬に在ったのです。

祖父のパチンコ屋があった場所
いまは駐車場

もしかしたら、母は原町時代にわたしを身籠《みごも》ったのかもしれない――、そう考えると、パチンコ屋があった場所から徒歩五分ぐらいの場所に家を借りて住んでいるのは単なる偶然ではない気がします。

祖父は、日本統治下の朝鮮でオリンピックを目指したマラソンランナーでした。六十七歳で亡くなったのですが、六十歳を過ぎてから猛然と日本各地のマラソン大会にエントリーし始め、早朝のランニングを欠かしたことはありませんでした。

わたしも南相馬を訪れる時は必ずランニングシューズを持参し、ラジオ収録の合間に走っていたのですが、それとは知らずにかつて祖父が走った道を走っていたわけです。

祖父のパチンコ屋が在った場所は、今では居酒屋の駐車場となっています。

地元のお年寄りの話によると、道が狭くて自転車か徒歩でしか行けない小さなパチンコ屋だったので、駐車場付き大型パチンコ店との競争に敗けて潰れてしまった、ということなのです。

東京電力福島第一原子力発電所の敷地造成工事が行われていた頃の話です。

南相馬に引っ越してから度々、わたしは祖父のパチンコ屋の跡地を訪れています。

昔、ここに我が家が在った――、と家族一人一人の顔を思い浮かべると、踏みしめている土地とわたしの間に血の繫がりがあるような気がしてくるのです。

わたしは、行く末のことを考えて、心が乱れ、不安になる時は、来し方のことを考えて心を落ち着かせます。

未来は全て過去にある、という言葉は真理だと思う今日この頃です。

わたしは、問い続ける

福島県の地方紙やテレビのローカルニュースでは度々「風評被害」や「風化」の問題と対策が取り上げられています。

「風評被害」は、原発事故が記憶に留められていることによって引き起こされるもので、「風化」は原発事故や津波による被害の記憶が薄れることそのもので、動因としては正反対なのですが、並べて論じられることが多いのです。

実際にインターネットに流布している言説は、「福島県産の食材を食べると、癌になる」とか「福島で奇形児の出産が増えている」とか「福島出身の女は嫁にもらうな」とか、福島と福島県人に対する差別感情に基づくデマ以外の何ものでもありません。

地震や津波や原発事故の被害や被害者の苦しみを忘れるのは、人です。

差別をしたりデマを流したりするのも、人です。

忘れようとしている人の記憶に留めたいのであれば、どうしたら、その人の記憶に残るのかを考えなければならないし、差別やデマを止めさせたいのであれば、その人に抗議をし、場合によっては法的な措置を講じなければなりません。

日本人特有の、事を荒立てるのを避け、物事を丸く収めようとする意識は、共同体としてのまとまりを生み出すこともあるのですが、責任の所在を「人」から「風」に移してしまったら、「風化」を加速させ、差別やデマを助長させることになるのではないか――。

わたしは小さい頃から差別を自分の身に差し迫る脅威として感じてきたし、五十年近く生きた現在も差別を意識しない日はありません。

誰かの役に立つことをしようと思う時、これは良いな、と感じたことを誰かに勧めようと思う時、その誰かが不特定多数の場合は、「在日」に対して差別感情を抱く人が必ず含まれている、ということを意識するのです。

ツイッターで近隣住民の差別感情を垣間見てしまったこともあります。

「従軍慰安婦や強制連行は補償金目当てのでっち上げ。朝鮮人は昔から金に汚い」とか
「柳美里が仮設住宅の集会所で何か話したらしいけど、在日は嫌いだから、うちの仮設に

は立ち入って欲しくない」などというツイートを目にすると、福島県人に対する差別に憤りながら、朝鮮人に対しては躊躇《ちゅうちょ》なく差別する側に回る福島県人もいるのだ、ということに驚かされます。

五十年近く生きたわたしですら、このような差別感情にぶち当たると、悲しみで身が竦《すく》むのですから、在日韓国・朝鮮人の子どもたちのことを思うと、胸が張り裂けそうになります。

十六世紀末、豊臣秀吉による朝鮮侵略の際、日本軍は多くの朝鮮人陶工を拉致して日本に強制連行しました。司馬遼太郎の『故郷忘じがたく候』は薩摩焼十四代の沈壽官《ちんじゅかん》氏の人生に流れる四百年の望郷の念を描いた短編小説です。

沈壽官氏が、鹿児島市内の旧制中学校に入学した日の出来事です。教室に上級生が入って来て、「このクラスに朝鮮人が居《お》っとじゃろ。手をあげい」とわめきます。沈壽官氏は、「精神を注入してやる」と屋上に連れて行かれ、十人ほどに袋叩きにされ、真新しい制服を鼻血まみれにされたというのです。

汽車に乗って村まで歩いて帰ると、両親が家の前に立っています。父親である十三代沈壽官氏は、自分も中学入学時に同じ目に遭ったことを匂わせます。そして、もう中学校に行かない、と言う息子に、「闘って勝たんか」と言い、沈家の来歴を明かすのです。

昔は、差別は、「在日」の子どもが日本社会に出る時にぶち当たるものだったのに、現在ではパソコンや携帯電話を開けば目の前に在るものになってしまいました。

ＳＮＳの普及は、そのメリットが喧伝《けんでん》されることが多いですが、ＳＮＳによって差別的言説やデマが、短時間に、容易《たやす》く、大規模に拡散できるようになったことは紛れもない事実です。

平成二十八年熊本地震発生時にも、「朝鮮人の暴動に気を付けて」とか「熊本の朝鮮人が井戸に毒を入れた」など、関東大震災で起きた朝鮮人大量虐殺事件を想起させる悪質なデマがツイッターで拡散されました。

二〇一六年六月三日に「ヘイトスピーチ対策法」が施行されました。「日本以外の国・地域の出身者かその子孫」で国内に住む人に対して、差別意識を助長・誘発する目的で、生命や財産に危害を加えるように告げ、地域社会からの排除を煽る言動を「不当な差別的言動」と定義し、国や自治体は、相談体制の整備や教育・啓発活動などの施策で差別の解消に取り組むよう求められました。

大きな前進ではあるのですが、罰則規定がない中で、どのようにして、ＳＮＳにおける差別発言を抑制し、ヘイトデモを撲滅《ぼくめつ》するのか？

「幸福な時代には、諸々《もろもろ》の答えだけが生きているように見えるものだ」というモーリス・

ブランショの言葉を借りれば、現在は諸々の問いだけが生きているように見える不幸な時代だということになるのでしょう。

だとしても、わたしは、問いを閉ざすことなく、人の前に開いていきたい。

「ヘイトスピーチ対策法」という制度の運用が、差別やデマを拡散するのは恥ずべきことだという常識形成に繋がるのか？

「ヘイトスピーチ対策法」は、一人一人の心に潜在している差別感情にどのような影響を及ぼすのか？

わたしは、風にではなく、人に問い続けます。

問いは答えの糧《かて》になる、と信じているからです。

ナショナリズムの罠

二〇一六年九月二十日から三週間、ヨーロッパに滞在していました。

最初に行ったのは、ロンドンでした。

二〇一八年に『JR上野駅公園口』と『8月の果て』を出版するTilted Axisの社長である（マン・ブッカー賞国際部門を韓江《ハンガン》氏の『菜食主義者』の英訳で受賞した翻訳者でもある）デボラ・スミスさん（三十歳）と、わたしの作品の翻訳者であるモーガン・ジャイルズさん（二十九歳）と三人でトークイベントを行ったのです。

会場に並べられた椅子の数（二五〇席）は想定していたよりも多く、半分ぐらいしか埋まらないのではないかと心配しましたが、ロンドン大学やケンブリッジ大学の日本文学研究者や、フランス語の訳書（五冊）は全部読んだというイギリス人男性や、イギリス人と結婚してロンドンで暮らす日本人や在日韓国人など多彩な顔触れで客席は埋まりました。

読者との関係性——読者への声と眼差《まなざ》し、読者からの声と眼差しという働きかけによってもたらされる触れ合いは、現実の中の直接的な関係性とは異なりますが、彼らの顔を前にして語ることによって、自分の内側に表現者としての倫理性を存立できるという意味においては、わたしにとっては重要な位置を占めています。

そう考えると、精神を病んで高校を退学処分になり、現実から転落した十六歳のわたしが、観客に眼差されながら自分の声で言葉を伝える舞台役者を志したのも、必然の流れだったのでしょう。

最後の質問タイムでは、途切れることなく手が挙がり、「二〇一八年に再びロンドンでイベントを開きます。その時は、終了時間を決めずに全ての質問に答えます」と謝罪をして、イベントを終了することになりました。

イベントの前にモーガンさんとロンドンの街を歩きながら、作品のこと、わたしが現在暮らしている福島県の浜通りのこと、彼女が生まれ育ったアメリカのケンタッキーのことなどを話したのも得難い時間でした。

屋台でフィッシュ&チップスを買って、テムズ川沿いの植え込みに腰を下ろして食べ始めた時に、ヘイトスピーチの問題に話が及びました。

彼女は二ヶ月前にイギリスで起きた殺人事件のことを教えてくれました。八月二十七日の深夜、南東部ハーローの商店街で、十五、十六歳のイギリス人の少年六人が、ピザ屋の前で飲食をしていた精肉工場従業員のポーランド系男性二人を暴行。二〇一二年にポーランドから移住していた四十歳の男性は死亡し、四十三歳の男性も重傷を負った――。

「その事件、日本のニュース番組では報道されなかったと思う。ヨーロッパで起きた連続テロは大きく報道されるし、テロが引き金となって噴出した反イスラム感情と極右勢力の台頭を問題視したドキュメンタリーはいくつか見たけど、同じ白人のキリスト教徒であるポーランド系移民までもがターゲットになっているなんて……」

わたしはタワーブリッジの方角を眺めました。空は青く、川を渡る風は心地良く、リバーサイドの石畳の道を犬を連れて散歩をしたりジョギングをしたりしている近隣住民と、食べたり歩いたり座ったり撮ったりしながら様々な言語で話している外国人観光客の姿は調和が取れているように見えました。

観光客として訪れることで、その国と接点を持つことは出来るけれど、住民として暮らしてみなければ、その国の在るがままの輪郭は見えてこない——。

「国民投票でＥＵ離脱が決まって、排外主義者たちは、勝った、自分たちの主張が支持された、と勢い付いています。ポーランド人に集団暴行をした少年たちもＳＮＳなどで排外主義に感化されてしまったんでしょうね」

真っ黒な服を着たモーガンさんは、自分の感情を離れるような眼差しをテムズ川に向けました。

その後ネットで調べると、人種差別などの相談を受け付ける市民団体「ストップ・ヘイトＵＫ」に寄せられる相談件数は国民投票後に一・五倍に増加し、ポーランド社会文化協会の広報担当者も「国民投票後に、移民の存在が目立つ地方都市で、人種差別の問題が起きている」という談話を出しています。

三日後にわたしはオーストリアに移動し、ウィーン大学で行われた「福島原発事故と文学」というテーマのシンポジウムに参加しました。

打ち上げの席で、ロンドン大学で教鞭《きょうべん》を執《と》っているスティーブン・ドッド教授とお話をしました。ドイツ人のスティーブンさんは、同じくドイツ人のご主人と二人の息子と共にロンドンで暮らしています。

「イギリスが正式にEUから離脱したら、わたしはロンドン大学で働いているから引き続き永住を許可されると思いますが、夫と息子たちは許可されない可能性が高い。それに、排外主義がかつてないほど高まっているから、息子たちもターゲットになるかもしれません。そうなると、家族でドイツに帰るしかありませんが、わたしはロンドン大学という職場を失うことになります」と、スティーブンさんの眼差しは暗くなりました。

わたしが日本語で「イギリス」と言うので、彼女も便宜上「イギリス」という言葉を使いましたが、正式には「ユナイテッド・キングダム」であり、アングロサクソン系のイングランドと、ケルト系のウェールズ、スコットランド、北アイルランドの四つの民族からなる連合国です。

翻訳者のモーガンさんの彼氏はウェールズ出身者で、ウェールズの標識には英語とウェールズ語の二つが表記されている、と町の様子を説明してくれました。「ユナイテッド・キングダム」への帰属意識は緩やかであり、各地域共に文化的・言語的な独自性を保ってきたのです。

「人間の尊厳に対する敬意、自由、民主主義、平等、法の支配、マイノリティに属する権利を含む人権の尊重」という加盟国全てに共通する価値観に基づいて設置されたEUという超国家的結合体の下で、人々はかえってナショナリズムへと傾倒し、共振し、増幅していったという分析もあるようです。

ナショナリズムには、自分が属する国家や民族を「他よりも優れている」と絶対化する方向に突き進んでしまうという罠が付き物です。その罠にかかると、「自分たちより劣っている他」を見下すという差別感情に囚われることになる。

では、ナショナリズムの罠から逃れるためにはどうすればいいのか？

他者との差異を認めながら、自己の尊厳と同じように他者の尊厳をも守るためには、どうすればいいのか？

それはやはり、自己から出発して他者へと向かう声と眼差しによる触れ合いを重ねるしかないのではないか？

目の前に他者の顔が在るというその居心地の悪い位置から一歩も退かない、という意志を持ち続けるしかないのではないか、とわたしは思うのです。

「顔において〈他者〉が現前することは、際だって非暴力的なできごとである。私の自由を傷つけるのではなく、私の自由を責任へと呼びもどし、私の自由をむしろ創設するからである」(エマニュエル・レヴィナス『全体性と無限』)

広島スピーチ

二〇一六年五月二十七日、アメリカ合衆国のオバマ大統領が、現職大統領として初めて広島を訪問しました。

「広島スピーチ」は、リアルタイムではテレビの同時通訳を聞いて、その後、インターネットにアップされた英文と日本語訳を比較しながら読みました。

まず、「私たち (We)」が追悼を捧げる対象として列挙した死者に「thousands of Koreans」を含んだことに注目しました。

次に、報道機関によって、「数千人の朝鮮半島出身者」「何千人もの朝鮮人」「多くの朝鮮半島出身者」と日本語訳にばらつきがあることが気になりました。

わたしは、広島の原爆で亡くなった朝鮮半島出身者は二万数千人、長崎では一万数千人と認識していて、数千人という数は少な過ぎると思ったからです。

おそらく、犠牲者数に関しては諸説あるということで、多数という意味がある「thousands of」という言葉を選んで、外交上の配慮をしたのでしょう。

朝鮮半島出身の被爆者の存在を知らない日本人も少なくないだろうから、彼らがどういう経緯で被爆地に居たのかを知るきっかけになればいいだろう、とわたしは前向きに捉えました。


朝鮮半島出身の被爆者について知りたいと思われた方には、伊藤孝司《いとうたかし》さんの初監督作品『ヒロシマ・ピョンヤン』を観ていただきたい。補償や治療など日本政府からの援護措置を受けられない「在朝被爆者」を描いたドキュメンタリーです。

登場人物は、三歳で被爆し、十五歳の時に日本で暮らす父母弟妹から離れ単身朝鮮民主主義人民共和国に帰国し、現在も平壌で暮らす李桂先《リゲソン》さんと、万景峰《マンギョンボン》号の往来が途絶えたために広島で娘の健康を案じるしかない彼女の母親です。

「この歳まで親に会いたがる娘は罪深いのかもしれませんが、年老いても母や兄弟に会いたいです。(中略) お母さんがわたしたちをどれだけ慈しんでくれたか、お母さんがありがたくも哀しくも恨めしくも思えます。お母さん早く来てください。もう一度一目でも会いたいです」

待つこと、思うことしか許されない母娘《おやこ》を引き裂いた現実の残酷さに涙が止まらず、エンドロールが終わっても席を立つことが出来ませんでした。

朝鮮民族の問題に関心がない人でも、病に倒れたという母親に向かって語りかける六十七歳の李桂先さんの声を聞けば、心を動かされるはずです。

「広島スピーチ」は、演説の名手という定評に違《たが》わず、言葉の連なりのリズム、緩急の付け方、間、どれを取っても「巧《うま》いなぁ」と感心しましたが、内容については強い違和感を覚えました。

バラク・オバマは、就任期間中（二〇〇九年〜二〇一七年）に無人機の配備と攻撃を飛躍的に増やした大統領です。

二〇一一年にはまだ有人戦闘機や爆撃機による攻撃が主流で、無人機攻撃は全体の五％未満でしたが、二〇一六年に入って六〇％を超えました。（ブッシュ政権下では四十九回だった攻撃回数が、オバマ政権下では四百回にも及んでいます）

日本でも、一九九〇年に勃発した湾岸戦争による有人機の出撃と帰還の映像は、パイロットとその家族の姿を中心に大々的に報道されました。一方で、中東から一万キロほど離れたアメリカ本土の米軍基地内で、テレビゲームを行うようにモニターを見ながら無人機を遠隔操作しているパイロットの姿は「英雄」「勇者」としてのイメージからかけ離れているせいか、あまり報道されません。

二〇一五年十月、アメリカのネットメディア『インターセプト』は「アメリカ無人攻撃機の活動の九割は誤爆だった」という軍の内部資料を暴露しました。

アメリカ政府と国防省がコメントを拒否したことによって事実を認めたと受け取られ、無人機攻撃は誤爆を織り込んだ作戦なのではないかという批判が高まっています。

しかし、誤爆による犠牲者が何十万人に膨れ上がったとしても、無人機による攻撃（殺《さつ》戮《りく》）は増えていくでしょう。

自国の兵士を危険に曝《さら》すことなく、「敵」が潜伏している危険な地域で攻撃を長期継続出来る無人機は、有人機に比べて「経済的」だからです。

「この広島の中心に立つと、爆弾が投下された瞬間を想像させられます。混乱した子どもたちが抱いた恐怖感を感じ、声にならない叫びを聞きます。むごたらしい戦争、これまで起きた戦争、そしてこれから起こるかもしれない戦争による、罪のない犠牲者に思いをはせます。言葉だけでは、このような苦しみを表すことは出来ません。しかし、わたしたちは正面からこの歴史に向き合い、このような苦しみを再び繰り返さないために出来ることを問う責任を共有してきました」とオバマ大統領は言いました。

オバマ大統領が広島の慰霊碑の前で演説をしていた最中も、今も、無人機による作戦は続行されているのです。それは「むごたらしい戦争」ではないのでしょうか？　誤爆によって命を奪われた人、大怪我をして障害を負うことになった人が、「罪のない犠牲者」に含まれないとしたら、彼らはいったいどんな罪を犯したというのでしょうか？

「一九四五年八月六日朝の記憶は決して消してはいけません。その記憶があるからこそ、我々は現状に満足せず、道義的な想像力の向上が促され、変われるのです」

「広島と長崎は、核戦争の夜明けではなく、わたしたちの道義的な目覚めの始まりであるべきです」と、オバマ大統領は演説を締め括りました。

オバマ大統領が、「わたしたち（We）」が目指すべきものとして語った「道義的な想像力の向上（It fuels our moral imagination）」「道義的な目覚めの始まり（the start of our own moral awakening）」とは、いったいどのようなビジョンなのでしょうか？

有人機B－29「エノラ・ゲイ号」が広島の上空九六〇〇メートルから投下したウラン235の原子爆弾「リトルボーイ」による民間人の死者たちの死と、無人機「プレデター（捕食者）」が投下しているミサイル「ヘルファイア（地獄の業火）」による民間人の死者たちの死は、いったい何が違うのかを、道義的に説明してほしい。

道義とは「人の行うべき正しい道。道徳のすじみち」という意味です。いつの時代も、過去の戦争の被害によって道義が問われますが、道義自体を破壊するのが戦争であり、アメリカによる戦争は今も続いているのです。

オバマ大統領は、今、アメリカが行っている戦争の道義こそ、自らに問うべきなのではないでしょうか？

靖国神社の在り方

東北の霊場を巡りました。

場所の選定と案内は、東北大学文学部長の佐藤弘夫《さとうひろお》教授にお願いしました。佐藤さんは、神仏習合、霊場、国家と宗教、死生観などを軸にして、日本人の思想史や精神史を組み立てている宗教学者です。

佐藤さんに初めてお目にかかったのは二〇一六年六月二十二日、わたしの四十八歳の誕生日でした。いわき短期大学創立五十周年、東日本国際大学創立二十周年を祝う記念式典で、佐藤さんとわたしが基調講演を行ったのです。

わたしが南相馬での活動や生活についての話をした後に、佐藤さんが「神・人・死者――日本列島における多文化共生の系譜」というテーマでお話をされました。

わたしは客席で聴いていたのですが、非常に興味深い内容だったので、プログラムの裏にメモを取りました。わたしがここ十数年考えていることと通じる部分が多いということに驚き、終演後にお話をしました。

その後、ある出版社から佐藤さんとの共著を出さないかという依頼があり、「魂の行方を訪ねる」というテーマで、東北各地を旅しながら対談をすることが決まったのです。

「中世では（略）この世界に留まっている死者は、まだ救済が確定していない、哀れむべき人々だった。（略）罪障が消滅したらすみやかにこの世を離れることが、彼らの共通の願望だった。（略）墓地で死者に対する何らかの儀式や回忌法会が行われたとしても、その第一義の目的は墓に眠る死者との対話ではなく、まだ墓地に留まっているかもしれない死者の霊魂を、確実に彼岸に送り出すための追善の儀礼だった」（『死者の花嫁　葬送と追想の列島史』佐藤弘夫）

中世における死者を弔う場所は、ほとんど例外なく見晴らしが良い勝地（山頂・岬・海岸など）にあり、死者の魂が浄土へと旅立つまでの止まり木――、あの世とこの世の中継点として捉えられていたのではないかというのです。そして仏教信仰の核となる祈願は、生きている間の欲望の成就や厄災の除去や子孫への加護よりも、死者の魂の救済に重点を置かれていた、と——。

もう一つ、東北各地にある古寺を訪れて気付いたのは、寺の敷地内の最も神聖だとされる場所が鳥居で印され、背後から魔に襲われないよう寺院の裏手に建てられた神社が多いということです。

つまり、土着の神々と仏は互いに寄り添うように習合し、土地土地で様々な形で発展しながら広まり伝えられてきたのです。

それが江戸末期になって排仏と神仏分離のイデオロギーが噴出して倒幕と尊皇攘夷《そんのうじょうい》に結び付き、「神武創業」を掲げる明治政府によって国家神道の体制へと突き進むわけです。

国家神道の不寛容さによる破壊と弾圧は他宗教のみに向けられたのではなく、民俗学者の柳田國男や南方熊楠《みなかたくまぐす》などの猛反対を押し切って、歴史ある各地方の神社が統廃合によって潰されたりもしました。

国家神道の中心的な神社として位置付けられたのが、靖国神社です。

靖国神社の前身である東京招魂社は、戊辰戦争の官軍側の戦死者を「顕彰《けんしょう》」するために、明治二年に創建《そうけん》されました。その後、西南戦争における官軍側の戦死者の魂を「顕彰」する招魂祭が行われます。当然ながら、戊辰戦争における旧幕府側や西南戦争における薩摩側の戦死者は含まれません。

明治十二年に陸軍省からの「一刻も早く招魂社を神社に改め、一時的な招魂ではなく永続する祭祀による顕彰を行いたい」という要請があり、海軍省、内務省も招魂社の格上げに賛同します。

靖国神社として改称され昇格した時（明治十二年六月二十五日）の「御祭文」にも「明治元年と云ふ年より以降、内外の國の荒振る寇等を刑罰め、服はぬ人を言和し給ふ時に、汝命等の赤き直き眞心を以ちて、家を忘れ、身を擲て各も死亡にし其の大き高き勲功に依りてし大皇國をば安國と知し食す事そと思し食すが故に、靖國神社と改稱へ」と、その存在意義を「皇国《こうこく》」に対する「勲功《くんこう》」を称《たた》える目的のためだと明記されています。

靖国神社に参拝する政治家たちは、「国のために犠牲になられた方々に追悼の誠を捧げる」ということを強調していますが、靖国神社の成り立ちは、「国家」という新体制の下に死んだ兵士を「顕彰」し、国家や軍隊を守護する「英霊《えいれい》」として押し上げるための装置です。靖国神社には、創建から一貫して軍によって管理され、「軍人をして先輩を崇敬《すうけい》し士気を振作《しんさく》」させるという軍事目的のために機能していたという歴史的経緯があります。

太平洋戦争の日本軍の軍人の死者は約二三〇万人とされています。

その過半数は、戦闘行為による死ではなく、食糧補給が絶たれたための餓死と、マラリアや赤痢などによる病死です。

彼らは、飢えや痛みや苦しみの只中で何を思っていたのでしょうか？　中には、略奪や強姦や殺人をした兵士もいるでしょう。昆虫やネズミなどの小動物や雑草や木の根や人肉を食べた兵士もいるでしょう。発狂をした兵士もいるでしょう。息絶えた途端に、彼らの魂が痛苦や負の感情や罪障《ざいしょう》から全て解放され、「英霊」に転身出来たとは到底思えないのです。

その人が恨みや怒りや悲しみのうちに生を閉じたのであれば、その人の魂もまた恨みや怒りや悲しみを帯びて彷徨《さまよ》うのではないか――。

靖国神社の在り方は、死を一つの節目と捉えて、ひとすじに死者の魂の救済を祈願した古の日本人の死生観とは相容れないのではないかと考えながら、わたしは、この夏、東北の霊場を巡りました。

日本人が知らないこと、知りたくないこと

わたしは折に触れて『世紀の遺書』という本を読んでいます。

860年に開山された
「宝珠山立石寺」（山形県）頂上の
五大堂からの風景

第二次世界大戦で戦犯として裁かれ刑死した「日本軍兵士」の遺書を編纂《へんさん》したものです。巻末には、遺書を書いた人の姓名、出身地の都道府県、軍隊での階級、裁判国、死亡した場所・日付・年齢、死因（死刑を執行された場合は銃殺か絞殺、未執行の場合は病死か自決か事故死）が掲載されています。五十音順なのですが、植民地出身者は［鮮（朝鮮）］［台（台湾）］としてまとめられ、本名と日本名が併記されています。日本人の大半は年齢が記されていますが、植民地出身者四十五人は一人を除いて、年齢の欄は空白です。

彼らの遺書は日本語で書かれています。朝鮮語や中国語の遺書があったのかどうかはわかりません。

しかし、シンガポール・チャンギーの刑務所で縛り首になった全羅北道出身の金長録《キムジャンノク》（金子長録）が遺書の中に「執行受ける前夜、私は嫂《あによめ》様が赤い上衣に黄の下衣を着て居られる夢を見ました」と書いた衣服は、おそらくチマチョゴリなのだろう、とわたしは想うのです。

同じ日に縛り首に処せられた開城出身の趙文相《チョムンサン》（平原守矩）は、最後の日の様子をエッセイ風に書き記しています。

「晩さん会」に出た梅干の下に赤唐辛子を見つけると、翌日処刑される同胞たちが「あつ、からい」「唐辛子はからいに決まつとるさ」と笑い合う――。

「金子（金子長録）のアリランがはじまる」という一文を読んだ時、鹿児島県の小中学校の教員であった茂山忠茂《しげやまただしげ》氏（一九二七年生まれ）の、「アリランの歌」という詩を思い出しました。

光山文博少尉になって
一九四五年五月十一日
第五十一振武隊員として
知覧特攻基地から
沖縄へ飛んだ
卓庚鉉さん

旅立ちの前夜
たった一人で富屋食堂を訪れ
鳥浜トメさん（特攻おばさん）に
「クニの歌を歌うから聞いてくれ」
と、戦闘帽をま深にかぶって

ささやくような声で
「アリラン」を歌い
二人で、手をとり合って泣いた。
(中略)
かくて
君の母国出身
十一人の墓標は
どこにもない。
君たちの着陸する
滑走路がない。
突撃するべき
目標もない。
君たちは
沖縄の
蒼い海の上を
十一機の翼を連ねて

旋回する。
ずっと、ずっと、
飛び続けねばならない。

潮鳴りのような
アリランの歌が
今も
南の空から
聞えて来る。

わたしは、鹿児島の薩摩半島南部にある知覧町《ちらんちょう》の「特攻平和会館」を訪ねたことがあります。会館建設時に知覧町長が「わが町の特攻平和会館こそ、あたらしき靖国神社である」と発言した通り、特攻隊員を賛美する意図があからさまな展示になっています。

他の日本人特攻隊員と同様に、朝鮮人特攻隊員十一人の遺影、遺品、遺書も展示されています。十七歳から二十四歳までの若者です。

会館を訪れるほとんどの日本人は、日本人遺族には給付されている遺族年金や弔慰金などの補償金が、朝鮮人遺族には一円も支払われていないという事実を知らないでしょう。

百田尚樹氏の『永遠の0』に感動して涙を流した日本人の大半は、特攻隊員（日本軍人）として零戦に乗って自爆攻撃を行った朝鮮人の存在を知らないのです。

靖国神社に祀られているA級戦犯を英霊として崇敬している日本人の大半は、BC級戦犯（日本軍人）として絞首刑に処された朝鮮人の存在を知らないのです。

知りたくないから知ろうとせず、知らせたくないから知らせなかった結果なのでしょうが、あまりにも知らな過ぎる――。

日本人が知らないこと、知りたくないことを、どうしたら知らせることが出来るのかを、わたしは考えています。

どうしたら、目や耳を覆っている手を下ろすことが出来るのかを――。

憎むのでもなく、許すのでもなく

フランスのウニー・ルコント監督とお会いしました。

新作『めぐりあう日』を上映する岩波ホールで対談を行ったのです。

二〇一〇年に公開されたデビュー作『冬の小鳥』があまりにも素晴らしかったので、急な依頼だったにも拘《かかわ》らず二つ返事で対談を引き受けました。

ウニー・ルコント監督は、韓国ソウルに生まれますが、九歳の時に実父によってカトリックの児童養護施設に預けられた後、フランス人の牧師一家に養女として引き取られるという過去を持ちます。

『冬の小鳥』は、まさに九歳の少女が施設に預けられるシーンから、たった一人で飛行機に乗ってフランスの空港で養父母に出迎えられるまでの一年間を描いた映画なのです。

今回の対談に際して『冬の小鳥』を観直し、わたしは二〇一四年に刊行されたボリス・シリュルニクの『心のレジリエンス　物語としての告白』を読み直しました。

シリュルニクは、五歳の時にユダヤ人一斉検挙により両親を失い、六歳の時にフランス警察に逮捕されますが、強制収容所に移送される寸前に脱走して、終戦まで潜伏して生き延びます。戦後、猛勉強をしてパリ大学医学部に進学して精神科医になります。この本を書くまでの六十四年間、虐殺された両親のこと、生き延びた自分自身の心の内を明かすことはありませんでした。

「生き残るために必死になっていた時期の思い出に、感情をともなうものは一つもない。

もちろん、感情なしで過ごしていたことなどありえない。（略）私にとって過去を振り返るのは、きわめて厄介なことなのだ。それは『封印された感情』をよみがえらせることを意味するからだ」

ウニー・ルコント監督は一九六六年生まれ、『冬の小鳥』でデビューしたのは四十二歳の時です。

「映画を撮りたいという欲求は、わたしの人生の遅くにやってきました」と監督は語っています。

『冬の小鳥』に描かれているのは、監督自身が四十二年間、決して過去に手渡さず、誰にも見せることなく、鍵のかかった宝物箱のような心の奥底に大切にしまっていた感情です。

父親に「旅行をする」と嘘を吐《つ》かれてよそゆきに着替えさせられた九歳のジニが、黒いエナメル靴に泥が付いたことを気にする時の感情。

引き取り先が決まり、迎えの車に乗って門から出て行く親友のスッキを、施設の子どもたちと共に「故郷の春」を歌いながら見送る時の感情。

死んだ小鳥を素手で埋める時の、その穴をさらに大きく掘って自分の体を横たえる時の感情。

「故郷の春」は、養子縁組の書類に「好きな歌」として書かれていたそうですが、監督自身は憶えていないといいます。

そして、六年の沈黙を経て完成した第二作『めぐりあう日』の主人公の女性も、やはり親に捨てられた孤児です。

生後間もなく養護施設に預けられた理学療法士のエリザは、専門機関に実母の調査を依頼しますが、匿名で出産した女性のプライバシーを守る法律に阻《はば》まれて、実母に辿り着くことが出来ません。痺れを切らしたエリザは、八歳になる息子を連れて、自分の出生地である港町に転居し、患者として施術していた老女が実母だということに気づく――、というストーリーです。

「映画の中で母親の独白として明かされる『十一月十七日』という主人公の誕生日は、監督自身の誕生日と同じですね。こうした刻印をしたのは何故なのでしょう？」とわたしは日本語で質問しました。

「誕生日に深い意味を込めているわけではないのです。わたしはある種の遊び心を持って、現実とフィクションを織り交ぜながら映画を作っています」と、ルコント監督はフランス語で答えました。

（お互い朝鮮人の両親から生まれたのに、それぞれ日本語とフランス語という他国の言語でしか話せないことに、自由であると同時に不自由でもあるディアスポラとしての存在を

意識せざるを得ませんでした）

監督は他のインタビューでも繰り返し、「前作同様、実体験を基にしているが、自伝的な意図はない。描きたいのは、愛情や怒り、絶望や幻想といった感情の足跡なのです」と語っています。

「私は、自分に起きた出来事を語ることなどできない。なぜなら、それは精神的に辛すぎるし、語ったとしても、何も理解してもらえないからだ。（略）ところが、作品という回り道をして、個人的な情報を省くのであれば、きちんと伝えられる。（略）なぜなら、私は今、辛い過去を表象にして皆と分かち合うことができたからだ。こうしてついに、われわれは同じ世界で暮らせるのだ」（『心のレジリエンス　物語としての告白』）

人は、未来の目標によって足を速めることも出来るし、現在の人間関係によって足を休めることも出来ます。

過去に足を取られた人は、雷に打たれたようにその時の感情に立ち竦みながら、その感情を自分の内では味わうことが出来ないのです。

最初の映画を発表するのに四十二年、第二作を発表するのに六年の歳月を要したことからも、ウニー・ルコント監督が辿った「感情の足跡」が容易《たやす》い道程ではなかったことが解ります。

『冬の小鳥』と『めぐりあう日』は、どのシーンも子どもだった自分を捨てた親への思慕と怒りと悲しみで張り詰めています。

でも、最後には、瘤《こぶ》のようになった感情の縺《もつ》れを緩めようとする監督自身の手の動きを感じることが出来るのです。

わたしは、ボリス・シリュルニクが自らの生い立ちを書いた第二作のタイトルを思い出しました。

『憎むのでもなく、許すのでもなく』

『金陵十三釵』

全ての作品を観ている映画監督は、そう多くはありません。

テオ・アンゲロプロス、アンジェイ・ワイダ、イングマール・ベルイマン、溝口健二、黒澤明、小津安二郎、フェデリコ・フェリーニ、フランソワ・トリュフォー、マイケル・チミノ、アッバス・キアロスタミ、侯孝賢《ホウシャオシェン》、デヴィッド・フィンチャー、M・ナイト・シャマラン、ティム・バートン、クリスティアン・ムンジウ、イ・チャンドン、キム・ギドク。

その中の一人が、中国の張芸謀《チャンイーモウ》です。

張芸謀監督の賞歴は一九八八年『紅いコーリャン』でベルリン国際映画祭金熊賞、一九九一年『紅夢』でヴェネツィア国際映画祭銀獅子賞、一九九二年『秋菊の物語』でヴェネツィア国際映画祭金獅子賞、一九九九年『あの子を探して』でヴェネツィア国際映画祭金獅子賞、と華々しいとしか言いようがありません。

日本にもファンが多く、日中合作映画の『単騎、千里を走る。』では、中国編の監督を務め（日本編の監督は降旗康男《ふるはたやすお》）、主演は高倉健でした。

彼の映画は日本でもだいたい公開されている（もしくはソフト化されている）のですが、おそらく作品の良し悪しではなく、「南京大虐殺」をテーマにしたために公開されていないと思われる作品があります。

『金陵十三釵《きんりょうじゅうさんさ》』です。

（わたしは、インターネットで七百枚限定で発売されていた韓国版ブルーレイ日本語字幕付きを見つけ購入しました）

昨今の日本において「南京大虐殺」は、「従軍慰安婦」と同様に、その言葉を持ち出すと眉を顰められるキーワードであり、被害者の具体的な人数については諸説ある論争中の問題として認識され、「歴史的事実」として受け止めている人は、この十年で激減したように感じられます。

大手出版社が出している週刊誌やオピニオン誌にも、被害者・被害国側の証言を「嘘」「虚構」「ファンタジー」「ゆすり」「たかり」とする記事が頻繁に掲載されます。

それに反論する形で一つ一つ論拠を挙げて、日本以外の国では「歴史的事実」として定着しているのだということを主張すれば、「自虐史観」「反日」「売国奴」「パヨク（左翼を侮蔑する言葉）」などと即座にレッテルを貼られるのです。

しかし、『金陵十三釵』は、そういったレッテルを寄せ付けないほど、美しい。

最も美しいシーンは、自分にとって大切なもの（片方のイヤリングと、切れた琵琶《びわ》を直すための新しい弦）を取りに行ったドウとランが、日本兵にレイプされ惨殺される長回しです。

ワンシーン＝ワンショットなので、見ている間は息継ぎすることも出来ません。シーンが変わって息をする時に真っ先に押し寄せて来るのは、目の眩むような痛みです。

主な登場人物は、修道院の十二人の女生徒たちと、チンファイ川の売春窟《くつ》の十二人の娼婦たちと、修道院で働いている身寄りのない少年と、成り行き上神父に扮することになったアメリカ人納棺師と、中国軍兵士が修道院に連れて来る瀕死の少年兵です。

ほぼ全てのシーンが修道院の中での出来事です。ステンドグラスに濾《こ》された外からの光が、女生徒たちの聖と娼婦たちの俗を分け隔てなく照らし出します。南京陥落の祝賀会に聖歌隊として招かれた女生徒たちは、その会場で強姦され殺害されるのではないかと怯え、修道院の塔の上から手を繋いで飛び降りようとします。

彼女たちを止めたのは、娼婦のモウです。

娼婦たちは、女生徒たちに成り代わって祝賀会に行く、と約束して自死を思い留まらせます。

娼婦たちが色鮮やかなチャイナドレスを脱いで濃紺の修道服に着替えるシーンは、俗から聖への脱皮のようで、息を呑むほど美しかった。

喜びに満ちた過去を物語る時は、伝える楽しみが伴います。

痛みに満ちた過去を物語れば、その時の痛みが息を吹き返し、傷口が開き血が流れます。

張芸謀監督は、映像的な美しさを駆使することによって傷口の止血を行いながら、痛みに満ちた過去を物語りました。

もちろん史実と物語は異なります。

『金陵十三釵』に描かれているのは、想像を絶するほどの痛みを誰にも伝えられぬまま、陵辱され殺害された南京の女性たちの心の中の表象です。

日本人に、今いちばん観てほしい映画です。

日本での公開を切望します。

李浩哲さんへ

その時、わたしは南相馬の自宅で荷造りをしていました。

イギリス、オーストリア、ベルギーの三ヶ国を三週間に亘って旅するという長丁場です。

荷物が膨れ上がって取捨選択に手間取り、五時間経っても荷造りを終えることが出来ませんでした。

日付が変わる頃にようやく、あとは詰め込むだけという段まで漕ぎ着け、ひと息ついて携帯電話のメールをチェックしたのです。

珍しい人からメールが届いていました。

美術評論家の金貞卜さんです。

二〇一四年の十二月四日、彼女がコーディネートをしたDMZ（非武装地帯）をテーマにしたシンポジウムにパネラーとして招かれたのです。

短文だったので、ひと目で読めてしまいました。


二〇一六年九月十八日午後七時三十二分、小説家の李浩哲先生が、ご逝去されました。

二〇一四年十二月四日の同行が最後となりました。


「あ」と声が出て、次の言葉が続きませんでした。

「なに？　どうしたの？」

ただならぬ気配を察して、ヨーロッパに持って行くロングコートの皺を伸ばしてくれていた夫がアイロンのスイッチを切りました。

「李浩哲さんが亡くなった」

わたしはなるべくそうっと言いました。少しでも感情が揺れると、泣き出しそうだったからです。

「あぁ……きみがぼやぼやしてるからだよ」

と、夫は怒ったように言って、アイロン台に目を落としました。

初めてお逢いしたのは、二〇一二年九月、慶州で行われた国際ペン大会でした。

開会式の招待席の右隣に座っていたのが、李浩哲さんだったのです。

着席した途端、「柳美里？　話したかった。隣にしてもらうために、ちょっと頑張ったよ」と、含羞《がんしゅう》の色を浮かべながら右手を差し出し、「パンガッスンミダ（お逢い出来てうれしいです）」とわたしも無闇にはにかんで握手を交わしました。

初対面で、四十近い年齢差があるにもかかわらず、なんだか幼馴染《おさななじみ》と偶然再会したかのような懐かしさを覚えました。

わたしたちは、四日間毎朝ホテルの周りの湖を二人で歩きました。

時々、坂道や階段で肩や腕を貸しましたが、李浩哲さんの足取りは八十歳を超えているとは思えないほどかくしゃくとしていて、まだ生きる、まだ書く、という強い意志に貫かれているようでした。

わたしは金貞卜さんがメールに添付してくれた訃報記事を開きました。

「分断文学の大きな星　死去」という見出しでした。

李浩哲さんは、「失郷民《シリヤンミン》」としての視座からものを考え、書き、行動した作家です。故郷と家族から引き離された自己と、分断された国家について――、最終的な回答は見つからないかもしれない中で、その問いを自らに突き付けることをやめなかった人です。理不尽な苦しみに向かって自己を開き続けた勇気ある人です。

「人は死ぬからね……命があるうちに逢っておかないと、逢えなくなる」

わたしは自分自身に言いました。

逢いたいその人だけではなく、逢いたいと思っているわたしもまた、いつ死ぬかわからない、だからこそ、人と人が逢うことはかけがえのないことなのだ、ということを東日本大震災で思い知らされたはずなのに、わたしは、李浩哲さんに逢いに行かなかった――。

もう一度、金貞卜さんのメールを読みました。


二〇一四年十二月四日の同行が最後となりました。


あの日、わたしたち三人は、前年に開通したばかりのDMZトレインに乗って、ソウル駅から江原道鉄原にある白馬高地駅に向かいました。

マイナス十五度――、声を出すと、口の中に霜柱《しもばしら》が立つのではないかというほど寒い日でした。

わたしたちは、完全武装した韓国軍兵士が立つ検問所と地雷の注意看板が掛けてある鉄条網の間を抜けて、朝鮮戦争の遺構を見て歩きました。

最後に訪れた韓国最北端の月井里駅のプラットホームに立った時の、李浩哲さんの言葉

2014年12月
李浩哲さん（中央）と共に訪れた
DMZ（非武装地帯）

が忘れられません。

「今日は元山の近くに来ることが出来て、うれしい」

李浩哲さんは、二〇〇〇年に離散家族再会事業で平壌を訪れ、妹さんと五十年ぶりの再会を果たしています。

当時九歳だった妹さんは、名乗り合う前に兄の顔を見分けて泣き出したそうです。

元山で暮らす妹さんに、訃報は届いたのでしょうか——。

「わたしが今まで生きてこられたのは、元山でお母さんが祈っていてくれたからだよ。お母さんは、毎朝、息子の無事を祈っていた」と、李浩哲さんは何度も語っていました。

今、わたしは飛行機の中で、祈っています。

李浩哲さんの魂が、海を渡って生まれ故郷、元山に帰れますように……

どうか、あの世で、ひと目でも、お母さんと再会出来ますように……

「最悪」に黙従しないために

この連載をスタートしたのは、二〇一〇年一月でした。今回で丸七年となり、単なる身辺雑記ではなく、一つのテーマを決めて（この連載のメインテーマは「国家」です）書いた連載エッセイとしては、柳美里史上最長となります。

二〇一八年は、初めて書いた戯曲「水の中の友へ」を発表して、ちょうど三十年の節目の年になります。

三十年のうちの七年間というのは、決して短くはありません。

この七年間は激変の歳月でした。

東日本大震災の地震と津波によって一万五八九三人の死者と二五五六人の行方不明者が出て、東京電力福島第一原子力発電所がレベル七の深刻な事故を起こし、金正日《キムジョンイル》総書記が亡くなり、第二次安倍内閣が誕生し、朴槿恵《パククネ》が大統領に就任し、イギリスのＥＵ離脱が決定し、ドナルド・トランプ大統領が誕生し、朴槿恵が任期中に大統領職を退き、中東各国では政治的混迷と宗教（宗派）対立によって罪無き死者と難民が増え続けている。

その時代の只中に居る人間は、一つ一つの出来事を解析することは出来ても、その出来事の歴史においての意味付けをすることは出来ません。その時代の全体像を見通すことは出来ないのです。

全体の中で自己の位置を見失いがちな人間は、既に「最悪」な事態が起きているとしても、日々の生活を反復することによって、どんな「最悪」にも慣れてしまう。

だからこそ、時には「最悪」な瞬間に敢えて目の焦点を合わせて、その瞬間に沸き起こった苦痛や不安を喚《よ》び起こさなければ、わたしたちは「最悪」に黙従することになります。

「最悪」とは、人間が自己の利益にのみ目を奪われ、他者の悲惨や苦痛に無関心なことだと、わたしは思います。


わたしは、さようならが苦手です。

見送るのも見送られるのも苦手で、別れ際になると、なんだか地面から引き抜かれて、そのまま青空に吸い込まれそうな――、そんな身の置き場がない頼りなげな気持ちになり、意味もなくしどろもどろに言い澱んでしまいます。

でも、さようならを言う時が来ました。

안녕《アンニョン》　또《ト》　만납시다《マンナプシダ》　さようなら　またお逢いしましょう

南相馬の家にて
（撮影＝小野田桂子）

おわりに

ここ、相馬地方では「国歌斉唱」と言うと、「君が代」ではなく、民謡「相馬流れ山」を歌います。

相馬中村藩主である相馬氏は、戊辰戦争終結（一八六八年）までの約七四〇年間に亘ってこの地を治めました。このような長期間国替えがなかった領主は、相馬氏の他には島津氏（鹿児島県）と相良氏（熊本県）だけです。

七月の最終土曜、日曜、月曜の三日間は、千年以上の歴史を誇る国の重要無形民俗文化財「相馬野馬追《のまおい》」が開催されます。野馬追は、街中《まちなか》を五百騎もの騎馬武者が行進する御行列、雲雀ヶ原《ひばりがはら》祭場地で行われる甲冑《かっちゅう》競馬と神旗《しんき》争奪戦、裸馬を追って素手で捕らえ神前に奉納する野馬懸《のまかけ》からなる神事です。この三日間は、旧相馬藩領のあちこちで、法螺貝《ほらがい》の音と共に国家「相馬流れ山」が響き渡ります。

（「君が代」が官報に他の歌と共に「学校儀式用唱歌」として告示されたのは一八九三年（明治二十六年）、「君が代」が事実上の国歌として扱われるようになったのは、昭和に入って国家主義が高揚されるようになってからです）

歴史学者の磯田道史さんは『武士の家計簿』の中で、廃藩置県後の武士の意識について、こう書いています。

〈忠誠のベクトルは天皇よりも、依然として旧藩主に強く向けられていたと言わざるを得ない。士族の忠誠心は速やかに旧藩主から明治天皇に移すべきものとされたが、実際問題として、それはスムーズな移行ではなかった。

端的な例が正月年頭の意識である。前近代の日本では、正月が主従関係を再認識する契機になっていた。正月には年頭行事があり、公家は天皇に、大名は将軍に、藩士は大名に、つまり主君に拝謁して主従関係を確認した。つまり、正月に拝謁する相手が自分の主君という構造になっていた。

実は明治初年の猪山家をみると、旧藩主への「拝謁」が欠かせない要素になっている。まず、東京の成之は正月二日に根岸の前田邸に参上し、御居間で旧藩主に拝謁した。一方、金沢に居て拝謁できない直之は旧藩主揮毫の軸を元日から自宅の床の間に掛けて、やはり

「拝謁」の真似事をするのであった。正月に藩主から盃を賜るのが忠誠儀礼であったから、「元日には床に中納言様（旧藩主）御筆をかけ、御鏡・御酒をそなえ、御酒下《し》たを終日頂戴いたし、年賀を祝し」（明7・1・6）た。正月に盃を傾けるたびに「いつもの春の心持にて太平楽にてありがたく、これも旧君のおかげ」（明6・1・9）と意識していた。世の太平と自分の安泰は旧君のおかげであり、天皇のおかげとは認識していなかったのである〉

神奈川や東京で暮らしていた時には考え及ばなかったのですが、ここ南相馬で暮らし、相馬地方の「国歌」を聴く度に、藩政時代の「国」の範囲が適正だったのではないかと思うのです。

それぞれ異なる風土、異なる言葉、異なる食生活の中で育ち、それぞれの藩主に仕えていた領民一人一人に、「国家」への帰属意識を植え付け、「国民」という集合体としてのアイデンティティを芽生えさせるために、明治政府は近代天皇制と国家神道を打ち立てました。そして「国家」の外に常に敵を求め、「国民」の危機感を煽るだけ煽って、数多くの兵士を死地へと駆り立て、日本各地を焦土にされるという取り返しのつかない敗北を招いたのです。

フランスの哲学者エティエンヌ・バリバールは、「全てのアイデンティティは視線である」と定義しています。敵意を帯びた視線を向けられていると思うことによって警戒感を強めて国家の囲い（塀）を築き上げ、囲い（塀）の内外の他者を敵視あるいは蔑視することによって、ナショナルアイデンティティを強固なものにしていきます。

国民国家（nation-state）は元々フランス、イギリスなどの西欧近代が生み出した概念で、国民 nation とは、単一民族ないし同質的集団という前提に基づいていて、他人種や他民族や他宗教に対する差別や排斥の危険性を内包しています。

明治期に欧米文化を輸入したことによって始まった中央集権的な国家主義に終止符を打つことは出来ないのか。偏狭な愛国主義を、おおらかな郷土愛に戻していくことは出来ないのか。

それが実現できれば、他者である在日外国人や他宗教を信奉する人の他性を認めつつ、同じ郷土を愛する隣人として、その存在を身近なものとして感ずることが出来るのではないか――。

ここ、南相馬には日本人だけが暮らしているわけではありません。

わたしの知り合いだけでも、息子が通っている英語教室のパキスタン人の男性教師、地元の日本人男性と結婚して子どもを育てているキムチ店の韓国人女性、焼肉屋を営む韓国人女性、パチンコ屋を営んでいた韓国人の父親と日本人の母親の間に生まれた女性、地元の整体師と結婚してコンビニエンスストアでアルバイトをしているフィリピン人女性、フィットネスクラブを経営しているアメリカ人男性、ハンバーガーショップを経営しているアメリカ人男性――、また、ホームセンターやスーパーマーケットに買い物に行けば、外国から出稼ぎに来ている多くの除染作業員を見掛けます。

南相馬市原町区の駅通りには、中国浙江省《せっこうしょう》出身の馮王春《フォンワンチュン》さんと王玲珠《ワンリンジュー》さん夫婦が営んでいる福来臨《ふくらいりん》という中華料理店があります。

お二人には、地元の中学校と高校に通う二人の娘さんがいます。

原発事故が起きて、いったん家族で浙江省に避難したのですが、二ヶ月後に荷物を取りに戻った際に、南相馬市役所の職員に「馮さん、食べるところがないから店を開いてよ」と言われて、そのまま馮さん独りで店を営業し、一年二ヶ月後に家族を呼び寄せたのです。

わたしたち家族は、月のうち何度か福来臨で食事をします。地元住民の客も多いけれど、夜は除染作業員で賑《にぎ》わっています。

この間は、午後一時半、昼休みに入る直前に、わたしと夫と高校三年生になる息子と三人で食べに行きました。

息子が冷やし中華と半チャーハン、夫が日替わり定食の豆腐とエビの炒め物、わたしはレバニラ炒め定食を注文しました。

店内には客の姿はなく、馮さんの下の娘さんが中学校のジャージ姿で昼ごはんを食べていました。

レジカウンターの上にあるテレビでは、ワイドショーが放送されていました。

馮さんは、厨房《ちゅうぼう》から出てきて、腕組みをしてテレビ画面を見上げました。

コメンテーターたちは「北朝鮮」とアメリカの戦争の可能性について論じ始めました。和気藹々《わきあいあい》と、時折小馬鹿にしたような笑い声を響かせながら、「先制攻撃」「三十八度線」「核攻撃」「火の海」というような言葉を使っていました。

アメリカ合衆国と朝鮮民主主義人民共和国の間で緊張が高まり、どちらかの国による先制攻撃が現実のものとなれば、一九五三年七月二十七日に締結された朝鮮戦争における「休戦協定」が破棄され、第二次朝鮮戦争が勃発することとなるでしょう。アメリカ軍基地の最前線となる日本も戦争に巻き込まれます。

「休戦協定」には、「最終的な平和解決が成立するまで朝鮮における戦争行為とあらゆる武力行使の完全な停止を保証する」と規定されています。

「最終的な平和解決」を達成するためには、平和条約を締結して朝鮮半島を分断する軍事境界線を無くし、二つの制度の連合国として交流と交友を重ねる中で、社会・経済・法律・軍事・外交などの未来への道筋を、分断と同じくらいの長い時間をかけて模索していくしかないのではないか――。

わたしは黙ってレバニラ炒めを食べていました。

馮さんがこちらを振り向くかと思いましたが、そのまま微動だにせず、CMに切り替わると背を向けたまま厨房に戻りました。

おそらく、こちらを見ないことで、わたしたち家族に配慮をしたのでしょう。

今日八月二十九日午前六時過ぎ、「北朝鮮」からの弾道ミサイルが日本上空を通過したために、Jアラートが大音量で鳴り響きました。

就寝中だったので、巨大地震あるいは原発の異変を知らせるサイレンなのか、と思いました。

「北朝鮮からミサイルが発射された模様です」

という言葉を聞き取り、津波によって家族や親族や友人の命を失い、原発事故によって長期間の避難生活を余儀なくされた東北沿岸部の住民のみなさんに、肉体的、精神的な衝撃を与えたのではないかと心が痛みました。

ミサイルの落下地点によっては、アメリカによる報復攻撃があるのではないかと思った時――、平壌《ピョンヤン》の大同江《テドンガン》沿いの遊歩道を本を読みながら歩いていた大学生や、テコンドーの練習をしていた男の子や、お花摘みをしていた女の子や、小さな娘を肩車していた父親や、腕を組んで歩いていた若いカップルの姿が浮かびました。

わたしはこの国に居て、あの国には居ませんが、わたしの内には、あの国の人々が存在します。一人一人の顔が見えます。

「北朝鮮」という一つの集合体として敵視することは出来ないのです。

わたしたちは時間を与えられています。

わたしたちの時間には限りがあります。

過去の痛苦を孕んだ現在の重みを軽くできるのは、現在の努力だけです。

対話の道筋の中でしか、共通の言葉は見つけられません。

わたしは、対話を、求めます。

最後に本書を出版するに際して――、

七年間の長期連載の伴走をしてくださった『イオ』編集長の琴基徹《クムギチヨル》さん。二〇一五年八月七日、くも膜下出血で倒れられ、二ヶ月もの間意識不明でしたが、三度の手術、七ヶ月

に亘る入院生活とリハビリを終え、奇跡的な職場復帰を果たされました。琴さんの手で連載を完結できたことを心より感謝いたします。감사《カムサ》합니《ハムニ》다《ダ》.
琴さんが病に倒れていた間、連載担当を引き継いでくださった李相英《リサンヨン》さん、감사합니다.
鈴木成一さん、いつもどんな装幀になるかドキドキしながら待っています。商品のパッケージというよりは、鈴木さんの作品に対する解釈であり評価であると思うからです。
そして、本書は『文藝』編集長の尾形龍太郎さんと作る八冊目の本です。非常に困難な状況の中で、失語の一歩手前でどんな言葉ならば語ることが可能か、迷い、悩みながら書きました。わたしが示した道順は、舗装していない剝き出しの砂利道です。こんな道は歩けない、と言われるかもしれません。
尾形さんと、河出書房新社の寛大さと勇気に感謝いたします。

二〇一七年八月二十九日

柳　美里

初出：「月刊イオ」連載「ポドゥナムの里から」二〇一〇年一月号－二〇一七年一月号
＊単行本刊行に際し、連載内容を再編集の上、大幅に加筆・修正いたしました。
＊年齢、肩書き、数字などは連載（執筆）当時のものを使用しております。
＊「はじめに」「おわりに」は書き下ろしです。

柳美里
YU MIRI
★
一九六八年生まれ。高校中退後、東由多加率いる「東京キッドブラザース」に入団。役者、演出助手を経て、八七年、演劇ユニット「青春五月党」を結成。九三年『魚の祭』で岸田國士戯曲賞を最年少で受賞。九七年、『家族シネマ』で芥川賞を受賞。著書に『フルハウス』（泉鏡花文学賞、野間文芸新人賞）、『ゴールドラッシュ』（木山捷平文学賞）、『命』、『8月の果て』、『雨と夢のあとに』、『グッドバイ・ママ』、『自殺の国』、『JR上野駅公園口』、『ねこのおうち』、『人生にはやらなくていいことがある』他多数。
＊オフィシャルサイト　http://yu-miri.jp/

国家《こっか》への道順《みちじゅん》

★

二〇一七年一〇月二〇日　初版印刷
二〇一七年一〇月三〇日　初版発行
著者★柳美里
ブックデザイン★鈴木成一デザイン室
発行者★小野寺優
発行所★株式会社河出書房新社
東京都渋谷区千駄ヶ谷二-三二-二
電話★〇三-三四〇四-一二〇一［営業］〇三-三四〇四-八六一一［編集］
http://www.kawade.co.jp/
組版★KAWADE DTP WORKS
印刷★株式会社亨有堂印刷所
製本★小泉製本株式会社
Printed in Japan
落丁本・乱丁本はお取り替えいたします。

ISBN978-4-309-02617-6